総務の袴田君が
実は肉食だった話聞く!?

Emu & Yuta

花咲菊

Kiku Hanasaki

EB
エタニティ文庫

目次

総務の袴田君が
実は肉食だった話聞く⁉

第一章　それは総務の袴田君

絶体絶命って四字熟語は、アニメやマンガの主人公が窮地(きゅうち)に追いやられた時に使う言葉だと思っていた。目が覚めて、私はその〝窮地(きゅうち)〟という見知らぬ土地に立っている。こんな二十七歳の、出るとこ出てない平凡ＯＬの私が使う言葉じゃないと思います、神様!!

ねぇ神様!!　教えて?

ここはどこ!?　それで隣で私に背中向けて寝てるこの人は誰!?　そんでどうして部屋がこんな汚いの?　泥棒にでも入られたの!?　あの山は何?　ゴミ?　貝塚?　え、じゃあこの人古代人?

背中見てもまったく答えは出ず!　とりあえず頭痛いから、眉間もみもみ。

しかも裸。繰り返す、しかも、私も男も裸なのである。事後みたくなってしまっているのである。

下着は着けてたからベッドから下りて、落ちてた服そっと取って、音立てないで着た。

いや、ちょっと待てよ、もっかい寝て起きたら家のベッドだった的な、ミラクルな現象に………………

なんないから。サッと寝て起きてみたけど二度手間!! 過ちは過ちだから、どうにかしないとですよね。もういい年した大人ですからね、現実逃避はよくないですね。

男は寝息だけを響かせて、とても気持ちよさそうです。時刻は午前五時です。

吹き出物が一切ない、男の綺麗な背中をじっと見つめてたら選択肢が浮かんできた。

【何食わぬ顔で彼女面してみる】

【見ぬふりならぬ、なかったことにする】

【消す】

【悲劇のヒロインぶって泣いてみる】

【消す】

【もっかい寝る】

待って待って、不穏な選択肢が二回も出てる!

ちょっと周り見渡したけど……うーん武器になりそうなものは…………いや、こんな汚部屋のもの何も触りたくないな。そうなると武器は………

自分の両手を見てワナワナしてしまった。こ、これは武者震いよ……! この無防備な状態なら、女の私でもできるはず!!

い、いや、やめとこ！　勢いでお母さんとお父さんの涙を見たくない!!

それであの……本当に誰だこの人。私は彼と昨夜何をしてしまったんだ、全然思い出せないけど……！

昨日の夜は…………確か会社の飲み会だった。

はい記憶終了。

ヤバくない？　それしか覚えてないよ……記憶飛ぶほど飲んだっけ。

でも、ちょっと待って。この黒髪もしかして……

あれ？　もしかして………

いや、ごめん。

全然思いつかないんだけど！

でもよ？　もしも営業のまあまあイケてる社員様だったら、ラッキーじゃないですかね、これは！

最後にちょっと、ちょっとだけよ？

お顔見て帰ってもよろしいかしら？　場合によっては朝ご飯作って、彼女面していいかしら？

神様お願い、桐生さん（営業トップ）!!　神様お願い桐生さん（営業トップ）!!　神様お願い桐生さん（営業トップ）!!　桐生さん（営業トップ）!!　桐生さん（営業トップ）!!　営業トップ!!

ベッドに乗って顔を覗(のぞ)きにいったら……

「んっ……」

まさかの艶(つや)っぽい声を出しながら黒い頭が揺れて、家主は私のほうを向いた。

うぉぉぉおおおお!!!

袴田(はかまだ)君かぁぁぁ…………!!!

まあ、髪と体格から桐生さんじゃないってことくらい、わかってたけどさ！

うわぁ……総務の袴田君…………えええぇぇええ、話したことないぃぃい。

えっと、待って……は、袴田君の情報は……総務で……二年前に会社に来て……うん、それだけ！

でもあの……寝息を立てる袴田君は思ってたより綺麗な顔してる……会社では草食眼鏡(めがね)って感じなのに……え？　この人にいろいろされ……？

う、う、う!!

はい解散!!　撤収!!!

「お先に失礼します」

超小さな声で言って荷物を持って、私は一目散に袴田君の部屋をあとにしたのだった。

とりあえず家に帰って二度寝した。今日土曜日でよかった。

昼過ぎに起きた頃には頭もスッキリしてたし、見慣れた部屋での目覚めは最高だった。

紅茶でも飲も……

ポットのお湯が沸くまで、スマホを弄ってみる。友達からメッセージが来てるくらいで、特に変わったことはなかった。

袴田君の連絡先も入ってなかったし（よかった）、もちろん桐生さんの連絡先も入ってなかった（くっそ）。

うんだって、本当に何もなかったしね☆　うふ。

マジ、あれ夢だったんじゃ？

と思えてきた……ああ、うん夢でいいや。

お湯が沸いたからティーポットにお湯を注いで蓋をして、蒸らす間、今度は郵便物を眺めてみた。

近くにできたジムにピザや寿司、マンションやスーパーのチラシ……それと、区だより……

「あ」

尾台絵夢様。おお、やっと私宛の郵便物だ。そして、そのハガキに溜め息なんて出てしまった。

「あぁ……そう、夏奈子結婚したんだ。オメデト」

苗字が変わった大学の友人からのハガキの裏には、結婚式の写真がプリントされてた。しかも何これハワイ？　海外挙式？　呼ばれてないけどあれかな、身内だけでやったのかな。だって夏奈子仲良かったから呼んでくれてるはずだし。

え、仲良かったと思ってるの、私だけパターン？

結婚するほどの恋人がいたって知らなかったし、最後のやりとりはお正月だったかな？　年賀状のやりとりはしたよね、ん？　仲……良いよねぇ？

……うっそやだ、やめよ！　やめよ！　い、忙しかったんだよきっと！　うんそう！

携帯持って、やっぱり置いて。ハガキ来たんだから私もお返事書いて、何かプレゼントでも贈ろ。

紅茶一口飲んだ……うわ、すっぱ!!　あぁこれハイビスカス入ってるんだっけ、すんごい酸っぱい。でも、いつもより酸味五割増しくらいに感じる。

ソファーに座って窓を見た。雲一つないカラッとした晴天で、それなのに洗濯物すら干してないベランダって……

ヤバイな、この世界に一人ぼっち感ヤッバイ！　でも特に予定もない！

だがしかし寂しくもない私、最強!!

結婚したいな～とは思わないんだけど、結婚したいくらい好きな人いるのは、いーなーと思う。

結婚したら、今まで一人で使ってた時間を他人と共有しなきゃなんないわけで。好き勝手できないし、ズボラな姿見せて幻滅されてもやだから、常にちゃんとしなきゃならないよねぇ？

そんなの耐えられない！　って思うんだけど、きっと違うんだよね。

だって、ずっと一緒にいたいくらい好きな人だから結婚するんだもんなぁ。

共有しなきゃいけない、とかそういう気持ちじゃないんだ、きっと。私のことわかってもらいたいし、相手のこともわかりたい。一緒にいるのが楽しくて楽しくて仕方ない。

そんな相手だから結婚するんでしょ。

いいなぁ。そんな人、出会ってみたいなぁ。

でも私まだ彼氏いない歴＝年齢だしな。

…………ああ、そうか。

すごいことに気がついて、顔を両手で覆った。

私は記憶もないまま乙女散らしちゃったって⁉　袴田君で⁉

ないないないないない！

うん、ない！

なかったことになってるからノーカンです。

いやでもさ、『わたくし殿方のために初めては温めておきましたの。キラッ☆』とか今時重たいよね？　金曜日だしたまにはワンナイトラブもいいよね！　みたいな感性がなかったから、処女拗らせたわけだし。

うん、だからこれでよかったのよ!!　だって私はもう二十七歳の立派な大人（涙目）。泣いてないです！　これはあれ、生き別れの弟を思い出しただけよ（姉しかいない）。

そして私は何もせずに……いやゲームして大好きなTL漫画読んで（調教と服従で検索する）、土曜日を終えてしまった……現実逃避ではないです、現実から逃避なんて不可能ですから。

そして迎えた、日曜日。まあ目立ったイベントもないもんで。

いつもどおり、午前中はヨガに行く（いろんな体位ができるよう柔軟な体作りを心がけてまっす！　ちなみにこの体を使えそうな予定はなし。いや使ったのかな……うううう、助けて）。

レッスンを終えて、毎週会う、同じようなアラサー独身の顔見知りたちに挨拶する。ヨガスタジオのシャワー浴びたあと、なんだか最近、化粧のりが前と違うんだよなぁって化粧水パッティングしながら思った。

入れ！　入れ!!　私の角質層の奥深くまで染み込め化粧水!!　多分、皆もそう思いながらやってるはず……！

鏡を見て、全然綺麗になってなくて溜め息だ………エッチすると綺麗になるんじゃないのかよ、神様嘘つきすぎ！

そこには四流私大卒、二十七歳、営業事務の冴えない私が映っていた。

勉強得意じゃなかったけど大学行けって親がうるさかったから、行けるとこに行った。

得意なものも特にない。

顔は普通。インパクトはないけど、顔のせいで人を不快にさせたことはないかな。

化粧したら化けると無責任に言われて、本気で化粧したら歌舞伎役者みたいになったから、いつもナチュラルメイク。

体形は………食にこだわりないから普通。

髪は伸ばしてる、輪郭隠せるから。前髪は作ってない、風吹くたびに直すの面倒臭いから。

笑顔は頑張ってる、こんな私が無愛想にしてたら救いようがないから。

背筋は伸ばすようにしてる、少しでも印象をよく見せたいから。

話はしっかり聞くようにしてる、私は面白いことが言えないから。

何に対しても否定しないようにしてる、私が否定されるのが怖いから。

そして、私みたいのを陰キャラ、通称『陰キャ』と言うらしい。

へえ悪くないな陰キャ。実は陰でクラス操ってそうじゃん、私には全然そんな能力ないけど。

趣味は………実はこないだまであったけど、卒業した。

それは時間が経つにつれ、ゆっくり黒歴史になりつつある。もう絶対あの世界には戻らないんだけど、未だに段ボールに入ってるその痕跡を、なかなか捨てられないでいる。

……まぁ、そんなことを考えてもしょうがないんだけどね。

さっとパウダー叩いてヨガスタジオを出た。

午後は一週間分の買い物だ。

会社帰りにちょっとコンビニ、くらいはいいけど、スーパーまで寄るのは面倒臭いし、それから帰って料理なんてやってらんない。

でも毎日外食したら安月給ＯＬの私じゃ有料ゲームできなくなってしまうから、節約するに越したことはない。

だから食材をまとめて安いスーパーで買って、日曜に作り置きしてる。

今日も何作ろうかなーっていろいろ買って帰ってきて、狭い玄関を通ろうとしたら、置いといた段ボールにつまずいて舌打ちしてしまった。

段ボールが倒れて、中からウィッグと衣装が投げ出される。

………見なかったことにして部屋に入った。これが私の黒歴史。

趣味は………多分二年前に聞かれたら、笑顔で「コスプレです！」って答えたかな。すごいんだよ？　陰キャの私が、本当に魔法にかけられたみたいに変身できるんだ！　テーピング使ったら骨格も変えられるし、たくさん持ってたメイク道具で、好きな顔になれた。服だって作ってた。すごく楽しかった。

生まれ変わったような瞬間が快感で、このために生きてるってレベルだった。

カメラのフラッシュが気持ちいいんだ。ファンだっていっぱいいたし、私しか撮らないって言ってたカメラマン様だっていたんだからね。

〝にゃんにゃん〟って痛い名前だったけど、私がやるポーズは〝にゃんにゃんポーズ〟って流行ったりもしたんだよ！（うん、恥ずか死ねる）

でも、私を師匠師匠って崇拝してくれてた子に、SNSの裏アカウントで【いい年して魔法少女とか、マジでキメェ。さっさと引退しろ】って陰口言われてるの見て、やめてしまった。

その子、私より一回り若いんだけど、他の人もそう思ってたらどーしようって、いたたまれなくなってしまってな！

裏アカ見た瞬間は悲しかったかな？　怒りとかはなくて、はぁマジかって溜め息ついて、私にまつわるすべてのアカウントを消去した。

メイク教えてあげたり、一緒に服作ったり、妹みたいに思ってたんだけどね。何か気に障ることでもしちゃったのかな。今となってはわからない。

まあ、あのままやってても引き際がわからなかったし、これでよかったんだと思う！

思い入れのあるキャラクターだったから、どうしてもやりたくてね。でも、いつまでも魔法少女だなんて、私がおかしかったんだ。

年齢に応じたコスプレってあるんだけど、まだ今年はできるんじゃないかなって無理してやってたのも事実、キモイって言われてたのが現実。

誰にも何も告げずに、にゃんにゃん氏は突然消えていなくなって……

そのままあの世界には、まったく触れてない。けれど後悔はしていない。

冷蔵庫に食材をしまって、一週間の大体の配分考えながらちょっとした夕飯を作って食べた。明日のお弁当の下拵えも済んだし、ゲームして寝よ寝よ。おやすみなさい。


で、月曜日。さらに一日経ったら金曜日の袴田君なんかすっかり忘れていた。

我ながらなんだよこの性格は、と思う。

ただ、世間で言う『さとり世代』な私は、ネガティブなことがあっても「仕方ない」で済ませるように、脳が勝手に働いてしまうんだよね。生まれた時から大変な世の中だったし、みたいな。

だってもう、やっちゃったものは仕方ないじゃんか。

落ち込んだって愚痴零したって励まされたって、結局私が立ち上がらないといけないわけで。

だったらはじめから悪いほうに捉えなければ万事解決っしょ！

起きて、顔洗って、さぁメイク～メイク～って思ったら………

う、う、う、嘘嘘嘘嘘嘘嘘嘘!!

うっそでしょ!?　メイクポーチがないんだけど……！

え？　嘘、なんでなんで？

休みはちょっと眉描くのとパウダーくらいだから、家にある予備ので済ませてて、気づかんかった……

やだ、落とした？　落としたのかなぁ。

コスプレやめてから、私の楽しみといえば、新作のコスメ買ってニヤニヤすることだったのに！（結局使わず誰かにあげる）

百貨店のカウンターでお姉さんにお化粧してもらってお話しして、買って外までお見送りしてもらうの大好きで、給料注ぎ込んでる二十七歳。

あのポーチこの夏限定のだったし、中身あわせて総額五万くらいしたんだけど……ショック。

いや、落とした私が悪いんだけどさ。

まあ、しょうがないか。神様がこれを機にプチプラコスメにしなさいって勧めてんのかもしれない。ああそうですか、そうしますよ、私の顔はプチプラですね。

……ん？　あ？

ちょっとやな予感する。

もしかして、もしかして神様。袴田君の家に忘れてきたなんてこたぁーないですよね？

だって、袴田君ちなんて行ったことないしぃ！

パスケースも財布も入ってたから、バッグの中身あんまり確認せずに帰っちゃったんだよなぁ。

えー……袴田君ち？

うわぁあ……マジですか。

とりあえず、ここでウダウダ考えても仕方ないし、予備のメイク道具でそれなりに顔作って、会社行くか。

メイク終わらせて家を出て、電車乗って会社に着いて、いつもどおり制服着替えて、皆にニコニコ尾台です！

私は始業の三十分前にはデスクについてて、着替えもあるから会社には一時間前には来てる。営業さんのスケジュールチェックしたりお花にお水あげたり、ゴミ出しもしなきゃいけないから。私が好きでしてることだけどね。それ全部終わらせたら、営業さんがデスクに来た。

「尾台さん、新しい商材の顧客向けの資料作ってもらっていいかな。ちょっと急ぎで」

「はい、わかりました」

パソコンのキーボード打つ手を止めて、笑顔で封筒を受け取った。中身取り出してデータ確認する。ああこれなら前に同じような資料作ったからフォーマットがあるな、と頷いた。

私の働いている会社は、株式会社グロリアス・デイズ・カンパニー、通称GDC。各地にある映像制作会社と動画サイトやテレビ局などを仲介する、映像の代理営業を主な事業としている企業だ。

会社の場所は御茶ノ水で、建物は古め。うちの会社の名前だけ言われても皆「？」って感じだろうけど、親会社は株式会社三神企画って聞けば、誰でも「おおっ‼」と驚くのだ。

三神企画は世界累計利用者数が四千万人を突破したアプリゲームの開発に、若者に人気の動画配信サイト運営、映画の配給に……と、幅広くエンターテインメント事業を展開している超有名、優良企業だ。

会長がテレビで特集されたこともあるし、就職したい企業ランキングでも常に上位をキープしている。

まあ、私が働いているのは、その子会社の営業事務ですけどね。でもうちの会社もずっと黒字経営なんだぞ。

仕事は特別できるほうではないけど、社員同士仲が良いし、フォローしあえる関係だから、手一杯で連続深夜残業って日はない。

まあ仲が良いのは、一人を除いてだけど……

「尾台さん、こっちのファイルのチェックもお願いね」

さぁ資料を作ろうと思ったらデスクにドサッとファイルを置かれて、二時間はかかりそうな量に笑顔が固まる。

「え……」

「私、大事な用があるから、午後までには済ませておいてちょうだい」

「でも、ちょうど今……」

「はあ?」

そう。私を威圧的な態度で睨(にら)む、この葛西(かさい)さんという営業事務のお局(つぼね)が、ちょっと曲者(くせもの)。

初めて会った時の葛西さんは、それはもうやりたい放題で営業部を牛耳(ぎゅうじ)っていた。気分次第で仕事をしたりしなかったり。機嫌が悪い時は誰も話しかけられない。お昼休みは時間どおりに帰って来ないのは当たり前、しかもそのお昼ご飯代を部下の個人指導とか適当な理由をつけて、領収書切ってた。備品も勝手に持って帰るし全然ルール守らない人だったんだけど、会社の創業時からいる人で社長にも顔が利くから、誰も何も言えなかった。

気に入らないことがあれば、周りに当たり散らすし、小さなことでグチグチ……

まるで、ドラマの悪役のような人だった。

右も左もわからなかった五年前の入社時、私は葛西さんの下につけられた。初めて会った時、葛西さんは私を頭の先から足の先まで見てこう言った。

『これは、使えなそうな……ハズレを引いてしまったわ』

いやな顔をされると反射的に「すみません」や「ごめんなさい」が出てしまう私は、それからお局の格好の餌食になってしまい、毎日ストレスの捌け口にされている。

そんなんで、堪え性のない私は入社早々、仕事辞めてもいーかなーって思ったけど、わずかながら味方いたし、今は後輩もいるし、ここで私がストッパーになれれば他に被害者出ないかも、なんて意地張って今に至る。以前私の席に座っていた人は葛西さんのいびりのせいで三か月で辞めて、鬱にまでなったって……何をこんなに我慢する必要があるのって自分でもわからないし、べつにヒーローになりたいわけじゃないけど……

でもそれで営業の人や他の人の手が止まるくらいなら説教くらいいって、私が引き受けちゃったりなんかして、本当私ってばか。

まぁ、こんないやがらせなんていつものことだから諦めてるけど、今日月曜日か……週はじめは忙しくなるし、時間取られたくないんだけど……

じっと考えてたら、葛西さんがイライラしながら口を開いた。

「『でも』、なんて言い訳してる暇があるなら、さっさと今してる仕事片づければいいでしょう」

「言い訳したつもりじゃ」

「じゃあ何？　男からもらった仕事だけ受けるって？　本当に尾台さんは媚（こび）を売るのだけは得意ね」

わざとらしく耳元で小さな声で言われて、さっき受け取った封筒をつっかれる。

「そんな」

悔しいようなよくわかんない気持ち……でもここで言い返したら、話が長引いて仕事が進まないだけだし。

唇をぐっと噛んで「わかりました」って言おうとしたら。

「尾台さん」

「ん？」

いつも名前呼ばれたら大体誰だかわかるのに、その声は初めて。視線だけそっちに向けたら……う、嘘!!

「お取り込み中すみません、総務部の袴田です。尾台さんに用があるのですが、ちょっとお借りしても？」

「え、ええ……私はべつに」

突然の袴田君の登場に葛西さんは少し引いてる。そして私はものすんごく引いてる。

「ありがとうございます。ああっと……さっき聞こえたのですが、葛西さんの大事な用、とは？ 俺も彼女に特別な用事があるんです。でも、あなたの用事次第では彼女がこれを終わらせてからでないと、俺と話ができませんよね？」

袴田君が長い指で机に置かれたファイルを指すと、葛西さんは慌ててファイルを抱きかかえた。

「終わったら呼びなさいよ」

「はい」

葛西さんは逃げるようにその場を去って、袴田君が残って……え？ 助けてくれ……？ え？ えええ？

二人で葛西さんの背中を見送っていたんだけど、袴田君は眼鏡を押し上げながらすぐに私のほうを向いた。

「それですみません、尾台さん。これ……ちょっと確認してもらってもいいですか」

「ひッ‼」

一歩距離を詰められてビビる。っていうか何？　なんで袴田君こっち来んの⁉　怖い‼

「大事な用です」

「え？　確認って、なんで私？　えっと、そのあの、あ、あのおはようございます」

「おはようございます。はいこれ、目を通してもらっていいですか」

また一歩詰め寄られた。眼鏡がキラッと光ってる。

袴田雄太、二十八歳。

そう。あの、起きたら隣にいた総務の袴田君だ。

目が隠れそうな癖毛の前髪、さらにはその目すらも見えなくする黒縁の眼鏡。眼鏡のブリッジの下には高く筋の通った鼻がある。唇は薄いピンク。

あ、背高い、そんで白い。初めてちゃんと正面から見たな、総務の袴田君。

正直こう、性の匂いが弱い感じの、ＴＨＥ草食系なんだけど、そんな方が……私と……裸で……うわわわわああああ‼

皆が袴田君袴田君言うから存在だけは知ってたけど、こんな近くに来られたのは初めてだ。

黙っていたら、袴田君は脇に挟んでいた書類を私の前に出して、静かな声で言う。

「あ、はい！　すみませんなんでしょう」

左上がクリップで綴じられた書類を押しつけられて、見てみれば付箋が貼られてて。

受け取ってからそこに書いてあった言葉を読んで、息が詰まった。

【なんで勝手に帰ったんですか】

「!!!!」

ヤバイ！　汗、汗出てくる！

袴田君、直立不動の姿勢崩さず！　答えらんないから次のページ次のページ!!

【好きです】

無理！　次！

【責任は取ります】

ななななん、なんの話!?　次！

【結婚しましょう】

しません!!

「はははははきゃまだ君！　これはちょっとダメだと思いますよ!!　相手の意見がまったく考慮されてませんし一方的すぎます！　もう一度見直………いやいやいや、なかったことにしましょう！　それがお互いのためです!!」


「これ……」

て言って、お腹に書類を突き返す。

「それこそ一方的すぎます」

袴田君は書類を顔のところまで持ち上げると、最後の一ページをめくって見せてきた。

【探しものは俺の家にありますよ】

はい、終わった。

私を真っ直ぐ見て微動だにしない袴田君を前に、口から魂出していたら、私の席の後ろのほうから声がした。

「袴田くーん‼　はーかーまーだーくーん！　まーた俺のパソコン動かなくなっちゃったよ〜袴田君〜！」

袴田君はピクッと体を反応させて声のするほうを見ると、眼鏡を直した。

「何したんですか」

落ち着いた声で返事をして。

「何もしてないよ？」

という、とぼけた答えにも淡々と答える。

「何もしてないのに止まるわけないでしょう、何しようとしたんですか」

「え？　書式を変えようと思ってあそこのアレのアレを押してみたんだけどさ〜」

「やっぱりしてるじゃないですか、今行きます。では尾台さんまた」

あっさり頭を下げて去っていく袴田君。私もその背中に頭を下げた。

「え？　あ、はい。さようなら（永久に）」

袴田君はこいこいされてるほうに行ってしまったよ……

私は気を取り直して仕事再開。

毎日至るところで聞こえる「袴田くーん」の声。袴田君はいつもいろんな人に頼られている。

総務部って会社によって請け負う業務の範囲が違うと思うんだけど、うちの会社の総務部は、なんでも屋みたくなってる。

皆、口癖が「じゃあ総務に聞くか」とか、「なら総務に頼むか」になってて、なんでも総務総務言ってる。まあそれも、袴田君が来た二年前からの話だけど。

チラッて遠ざかっていく背中を見ていたら、高い声が聞こえて後ろから首に抱きつかれた。

「えったーん!!　本っ当にあのクソババーどうにかならないのかな、殴りたい」

振り返るといたのは、茶髪のマッシュボブのめぐちゃんこと久瀬恵。仕事もできるし、顔も可愛いバイトの子。私の下で働いてくれている。初めて指導してあげてって言われた子だから、誰かにめぐちゃんが褒められると私まで嬉しくなる。

まあ見た目は私とは対照的だから、仕事以外だと立場が逆転しますけどね、めぐちゃん彼氏いますし。

めぐちゃんは二十四歳だから年も近いし話しやすいし、このまま正社員になってうちで働いてくんないかなーって思うくらい気が合う。

めぐちゃんは私を〝えっちゃん〟って愛称で呼ぶほど仲良くしてくれるし、いつも味方してくれるのは嬉しいけど、今日はちょっと荒ぶりすぎてて苦笑い。

「そういうのすぐ言っちゃダメだってば」

「だってムカつくし。そろそろ一言言ってもい？」

「ダメ、そんなことしたらクビになっちゃうよ？」

「だってさあああ!!　…………まあわかったよ。で？　なぁーに、えっちゃん！　袴田君と何かあったの？」

「ヒッ!!　んんん……何かあったんかな、めぐちゃん」

首から離れためぐちゃんは少し不満の残った顔でこっちを見た。

「なーに？　自分のことっしょ」

「あの…………えっと……うん」

ちょっと沈黙……

やっぱこのままじゃいかんよな！　でも、袴田君のこと、自分じゃどうしていいかわからないし……飲み会……こないだのこと、まずはちゃんと思い出さないと。そうだ、はじめはめぐちゃんと一緒に飲んでたはず。

よし！　心を決めて、いつも知らんぷりしてる飲み会の席での私の姿を聞いてみようかな。

下向いて深呼吸して、キリッてして顔上げてみた。

「あのさ……」

「ん？　えっちゃん？　どった？」

「君が行きたいって言ってたお店、予約してみたんだけど今夜一緒にどう？　僕に優しくエスコートさせてくれない？（イケボ）」

「やだ〜朝からイケメンが誘ってくるんだけど〜。行く行く〜」

「新橋(しんばし)の立ち飲み屋でいい？」

そのままの調子で言ったら、ふんと顔を横に向けられてしまった。

「そこ予約いらんし。帰りまで時間あるんだから、写真映(ば)えしそーなとこ、ちゃんと探しといてよね」

「はい喜んで」

急ぎの資料終わらせて昼休みにお店決めて（ちょっとおしゃれな、チーズたくさんある店）、午後葛西さんのファイルチェックやってたら仕事終わんなくなって残業。でも、いつもさっさと定時で帰っちゃうくせに、めぐちゃんが手伝ってくれた。

「ありがとう！　めぐ様」

「いいよいいよ！　もっと大きな声で私の好感度上げてくれていいよ！」

「仕事！　手伝って！　くれて！　ありがとう‼　久瀬！　恵さん‼」

「わざとやってるの？　恥ずかしいからやめてよ、上司がさりげなく褒めるみたいな、そういうのよろしく」

「わかった、じゃあ言って欲しいタイミングで合図して。そんでこっちの仕事もお願いいたします」

「何、明日の分もしれっと渡してんの？」

残念ながら明日の分は突き返されたけど、予約に間に合うように帰り支度だ。

どこに恋のチャンスがあるかわからないからね！　と会社を出る前にめぐちゃんは念入りにメイクを直していた。

私は、まあテカり抑えるくらいでいーかなぁ。だってメイク道具ないし……恋のチャンスは……あるか？　いるか？

二人で仕事やダイエットの話をしながら到着したのは、おしゃれなバル。ネットの写真より雰囲気よくて、一人で外食できない私としてはすっごい興奮した。

席に着いておすすめのワインを一本と、すぐ出てくるアラカルトを頼む。

お店の内装や窓の外を見てメイン決めるのちょっと悩んでたら、ワインと小さなチーズが運ばれてきた。

今日も頑張ったーってまだ月曜日だけど、とりあえず乾杯。飲みやすいワインを堪能してたらめぐちゃんが口を開いた。

「それで？　私になんの用ですか？」

「ああ、えっと……」

今日聞きたいのはアレ、こないだの飲み会もだけど、私はちょいちょい記憶なくすくらい飲んでしまってるので、その時の様子なんかが聞けるといいなぁって思ってます。

はい、もうそろそろ酒の飲み方気をつけます。

で、それ聞くとめぐちゃんはワインをクルクルしながら首を傾げた。

「飲み会の時のえっちゃん？」

私は頷く。

「そうそう、ほら私、お酒飲むとテンション上がっちゃって、気がついたら家帰ってきてるみたいなの多々なんだよね。化粧も落としてるし、ちゃんとベッドで寝てるし、苦情もないから気にしてなかったんだけど、私ってどんな感じ？」

言ったらめぐちゃんにニッコリされる。

「いい年した女がみっともないね☆」

「わかってるから‼　以後気をつけます！　すみません」

「まあ、えっちゃんが言うように、ハイテンションになって笑い上戸になってるよ。何話しても笑ってくれるから、おっさんどもに大人気。だから毎回飲み会にも誘われてるんじゃん？」

あんまりおかしなところはないのかなって思いながら、ワインに口つける。

「こないだも、私に甘えてスリスリしてきてたよ。楽しいからいいけどね。でもモテないよねあれは」

「そっすか」

「まあ偉いとこは、あんだけ酔っぱらってもお持ち帰りされないとこだよね」

「ぶっ‼」

動揺しちゃってせっかく口に入れたワインを噴き出したんだけど、めぐちゃんはノーリアクションでチーズ切り分けていた。

せこせこテーブルを拭く私に、知らん顔でめぐちゃんは続ける。

「こないだの金曜日はね～まあいつもどおり私に甘えてきて二人で話してて……」

「はじめのほうは覚えてるよ。ビール飲みながら仕事の話してたんだけど、焼酎と日本酒頼んだとこらへんから記憶が曖昧」

「ああ、ちょうどそのくらいで席替えでもしようってなったんだよ。あの飲み会、全部署来てたでしょ？　いろんな部署の人と交流しようって。そしたら、えっちゃんとこに開発部のお偉いさんが来てさ」

「え？　んん……開発って……あの、毛の薄い」

「ハゲなんていっぱいいるんだから、そんなの特徴になんないっつーの。村井さんね。で、村井さんがはぁはぁしながら、『尾台さんは下の名前、絵夢ちゃんって言うんだってね？　可愛い～名前だね～』って言って」

「あ、あ、あ……」

う～ん、なんとなく想像つく。私の名前ってばいつもネタにされるから。

「ニヤニヤしながら、小さな声で『夜もエムなの？』って聞いてて」

「ヒィイイ………キモい……」

「そしたら、えっちゃんが笑いながら『総務の人ぉ～総務の人来てぇ!!』って」

「え？」

「助けを呼んだんだよ」

「なんですって⁉」

それはちょっと意味不明すぎて、ワインを一気飲みですわ。

「で、一秒後には眼鏡キラッてさせた人が間に入って、『どうも、総務部袴田です。村井さん、僕の名前はご存じですか？　僕ユウタって言うんですけど、雄が太いって書くんですよ。確かめてみます？』」

「おぉぉ……ぉがふとぃ……」

「……って言って、話題逸らしてもらってたよ」

「へぇ……」

　めぐちゃんは空になったグラスに真っ赤なワインを注いでくれる。切り分けたチーズは私が苦手なウォッシュタイプを避けてくれてあった。

「そのあと村井さんは他に呼ばれて私も席立ったんだけど、えっちゃんの隣にはずっと袴田君が座ってくれてたよ」

「そ、そうなんだ……」

　袴田君と話した記憶はまったくなくて……ちょっと禁酒が頭を過るんだけど。会社ではほぼ話したことないし、何話したのかとか全然想像できない……とりあえず袴田君ってどんな人なのか聞いてみなきゃ。

「ああ……へぇ、そうですか。あー……うーんっと、めぐちゃんって袴田君どう思う？」

「どうって、典型的なメガネイケメンじゃね？　しかもいい人だし。だってバイトの私だって袴田君呼びだよ。なんだろうね、皆が袴田君袴田君呼ぶから呼んじゃうよね」

「わかる、年上なのにね。でも総務部ってコミュ力高いイメージあるじゃん？　袴田君は見た目総務部って感じしないよね」

　それこそ陰キャっていうか、無口っぽいし、何考えてるのかわからないし。

「そうかな？　えっちゃんあんまり話したことないからでしょ？　袴田君忙しくても〝話しかけんなオーラ〟出さないし、声かけたらいつでも手止めて聞いてくれるし、要望も必ず『検討してみます』って眼鏡キラッてさせながら言ってくれるよ」

めぐちゃん、袴田君に詳しくてびっくり。正社員の私が何も知らないのに。

「めぐちゃん袴田君と話すの？」

「うち人事も総務がやってるから、私のバイト面接、袴田君だったんだよ。入社したあとも仕事はどうだとか、無理してないかとか聞いてくれるよ」

「へー……」

そうなんだ。袴田君っていろんなことしてるんだなーとか思っていたら、めぐちゃんが話を続けてた。

「確か袴田君って、私よりちょっと前に親会社の三神企画から来て総務部立ち上げたんでしょ？　うちの職場の環境改善のため、だっけ？　威圧的に制することしないし、こんだけ皆から信頼されて馴染んでるってすごいよ～」

「そう考えればそうだよね…………はあヤダヤダ。私自分のことばっかりで、本当周りを見てないんだなぁ」

そうだそうだ……三年前、三神企画の子会社すべてで行われた社内調査アンケートで、我らがＧＤＣの従業員満足度は、数ある子会社を差し置いて、ダントツのワースト一位だったそうだ。

従業員の満足度は顧客の満足度にも直結するということで、業績に影響が出る前に職場の環境改善、社内政治を正すのを目的に、三神企画から出向してきたのが袴田君たち、今の総務部のメンバーだった。

ワインをクイッとしたら、めぐちゃんが止めてくる。

「で？　袴田君と何があったの？　酔っちゃう前に教えてよ～」

「え？　なんにも……ないけど……」

「いや、隠そうとしても無理だから！　飲み会後消えた二人！　翌週現れる袴田君‼　動揺する尾台絵夢‼!　いつものえっちゃんなら泥酔(でいすい)しても何食わぬ顔して出勤してくるくせに、『この間何があった？』なんて聞いといて、何もないは通らんよ」

「わわわわわかったよ‼　わかりましたから‼」

洞察力(どうさつりょく)鋭すぎるし、正直私もちょっと話聞いてもらいたいしでかくかくしかじか話したら、可愛いお顔の眉間が寄ってしまった。

「はぁああ⁉　二人で裸で寝てて、何も言わずに帰って、ゲームしてエロ本読んで寝た？」

「違う違う‼　TL漫画‼」

「言い方なんてどーでもいいし！　どういう思考回路してんの、それ」

「いやだって、袴田君しゃべったことなかったし私処女だったし、テンパっちゃってね？　起きた時の第一声とかわかんないし、寝起きブスだし、でも寝たふりったって起きるまで何していいかわからないし、寝てる間に屁してるかもしんないし脇の処理も甘いし、股の毛なんて気にもしてなかっ……」

「そんなのどぉーでもいーんだけどぉ!!」

「だからほらあの、いつもと変わらない日常を送ればなかったことに……」

テーブル、ドン!!　ってされちゃったから、ヒャァアって手で顔覆いながら言う。

「なんねぇな！　こんなことあった？　服汚してさ、ああ汚れちゃった〜でもいつもどおりに着てたら汚れがいつの間にか元どおりに」

「ならねえな!!　汚れは汚れだよ!!」

「お前のしくじりを汚れとか言うな！」

めぐちゃんに、頭に手刀振り下ろされた。う、嘘……先に汚れって言ったのめぐちゃんじゃん!!

話合わせたのにおかしいなって頭さすってたら、めぐちゃんったら男前にワイン飲み干して新しいの注いだあと、きゅっと唇を拭ってる。それでまだ納得いってないって目で言ってきた。

「どう拗らせたら、そーなんのかわかんないんだけど!?　で？　今日袴田君来てたじゃん。なんて？」

「なんで勝手に帰ったのかって筆談で言われた」

「そんで？」

「責任取るから結婚してって」

「え？　責任？　は？　えっちゃん妊娠してんの⁉　エロ本なんて読んでる場合じゃないじゃん！　何酒飲んでんの！　吐け‼　健診の予約しろ！」

ワイングラス奪われちゃった。責任って……

「いやいや、そういう意味じゃな……………え？　そういう意味なの‼」

え⁉　急に焦り(あせ)が‼

「知らないし……まあ妊娠してたとしても、昨日今日でしかも袴田君がわかるわけないんだから、エッチしちゃったことの責任だろーけどさ……」

「………だよね」

エッチしちゃった、か……おかしいな……自分のことなのに妙に実感湧かなくて……意味もなくジェルネイルのはがれてるとこ気になる、ガリガリ。

それ以上答えないで爪弄(いじ)ってたら、はいはいどうぞってグラスを返された。めぐちゃんは面倒臭そうな顔で言う。

「で？　どーすんの、付き合うの？　えっちゃん気になる人いないでしょ」

「え、気になる人？　気になるっていうか……営業の桐生さんは常々一般的にいいなとは思ってるよ」

「桐生さん？　成績トップの？　うへぇ。取り柄もない拗らせアラサーが理想ばっか高くてウザー」

「うるさいな、気になる人いるかって聞かれたから『桐生さん素敵だね』って言っただけでしょ。なんとも思ってないし」

「はあ？　そんなこと言って、朝隣で寝てたのが桐生さんだったら、今頃彼女面してたんじゃないの？」

「すいまっせーん!!　同じワインもう一本くださーーい！」

なんだよ、人の心を読む力でもあるのかよ久瀬恵！　怖すぎる！　怖すぎるので聞こえないふりして、チーズ食べてワイン飲む！　生ハムも食べてワイン飲む!!　オリーブ食べてワイン飲む、ワイン飲む!!　飲む！　クラクラする!!

めぐちゃんは冷たい目でワインを傾けながら溜め息ついてる。

「あーあーあー……いい年した女が、どうしてそういう逃げるようなお酒の飲み方しかできないわけ？　まあいいよ、袴田君と付き合わなくてもさ、ちゃんとしっかりした理由で断りなよ」

「ん？」

「だって袴田君って、絵に描いたような草食系じゃん。受付のギャルちゃんたちがああいう眼鏡君好きみたいで『休みの日遊びましょーよ☆☆』って媚び媚びしてたら、袴田君眼鏡キラッてさせながら、『休日は趣味に没頭したいので。今は女性には興味ないんです、ごめんなさい』ってキッパリ断ってたよ」

「へぇ～」

「それなのに、何故かえっちゃんには心許したんだからさ」

「うん」

「ゲームとエロ本に夢中で手が離せません、とかなしだよ」

「わかってるよ！　中学生じゃないんだから」

「袴田君いい人だし、いちおし物件だよ。付き合ってみたら？」

私のほうがめぐちゃんより年上なのに情けないなまったくもう‼　……って一気にゴクゴクやってたのが効いたのか、ちょっと楽しくなってきたなハハハ。

「いやいや、付き合うって私たちお互いのことふふふ、まだ全然知らないしへへへ。そーだよなーんも知らないもんアハハハハハ」

「あれ？　そんな飲ませたかな」

「全然飲んでないよオホホホ。それにしてもドジっちゃったんだなぁー。袴田君ちにポーチ忘れちゃってハハハどーしよ、返してほしーへへ」

「ふぅん？　じゃあ連絡しとかないとね。まあとりあえずお酒はそこまでにしときなよ」

「え、なんで！　やだーまだ全然飲んでないのにーフォフォフォ」

……ってそこらへんまではハッキリ記憶にあって、そのあとすっごい美味しい苺とリンゴのマリネ食べてワイン進んじゃったのまでは覚えてんだけど。

「んっ……」

気持ちいい揺れで目覚ましたら、車のガラス窓に寄りかかってた。

え？　何？　車？　この匂い……は、ああ、タクシーかな。

まだうつらうつらしちゃう。んっと……胸のとこジャケットかかってる……手温かい……温かい？　ん？　なんで？　え？　に、握られてる！　誰⁉

手ぎゅってしたら、窓の外見てる人がこっちを向いた。やだ、その顔……暗い車内で眼鏡（めがね）がキラッて光ってる。

「起きました？」

「はははは袴田……く？」

「はい、袴田です」

「お、お疲れ様です！」

「お疲れ様です」

「なななななんで⁉」

「会社に残って仕事をしていたら、久瀬さんから上司が酔い潰れたと電話があって」

「ええ……ああ‼　あのすみません」

「いえ、大丈夫ですよ。運転代行の手配とか二次会の場所とか……割とこの手の仕事もするんで」

「はあ」

「ああでも」

袴田君は握ってる私の手を自分の口のとこまで持っていくと、甲にちゅってしてきた。

「ヒャッ‼」

「さすがに、店まで迎えに行ってタクシーに同乗して、手繋ぐなんてしませんけど」

「へ？　あ！　ごめんなさい！　あの、謝るので手離してもらってもい……」

「ダメですよ」

「どして」

「今度は〝お先に失礼します〟って勝手に帰られたくないですから」

袴田君、にやって口角吊り上げてる。

「ヒグッ」

袴田君って笑うんだ！　しかもあの、なんか怖い系の笑い方。

手揺らしてみる。引っ張っても離してくれないから！

「えっと、あのこれってどこに向かってますか？」

「家、ですけど」

「いえ？」

「俺の」

「降りる降りる降りる降りまっす!!」

無理だし！　と手振りまくるけど、強固すぎて外れません!!　効きませんね、とでも言うように袴田君は笑顔を崩さずに言う。

「化粧ポーチ、いいんですか？」

「あ」

「動揺しているのは重々わかるんですが、逃げてばかりじゃ何も始まりませんよね」

「だって怖い……これから何が始まるんですか」

「逃げたり、目を伏せたり……自分の視界からなくなれば解決したと思う、尾台さんの間違った認識を改めることができると思います」

「おおおお！　なんか袴田君先生っぽい」

そうしたら袴田君、眼鏡キラッてさせて言う。

「いえ、総務です」

「総務格好良すぎじゃないですか！」

「尾台さんだって格好良いですよ、うちの営業が外でのびのびと仕事できるのは、他でもない事務さんのフォローあってこそですし。尾台さん評判いいですよ」

「え？　え？　そうですか」

あ、やだ。仕事褒めてくれたら、この人いい人☆　とか思っちゃう私、チョロイぜ。

怖いゲージが下がって、ちょっと話に耳傾けちゃったりなんかする。

「尾台さん、納期は必ず守ってくれるし、資料にミスも少ないし、無理な注文も聞いてくれるって営業の人言ってましたよ。頑張りすぎるのは心配ですけど、残業もしないように自分で仕事量調整してるし、素晴らしいと思います」

が、褒められ慣れてないせいで、いい返しが思いつかず、すぐ辛くなる不思議。

「ああ……あの……もういいです、恥ずかしくなってきました」

「あと、うちにそんな風習はないのに、社内文書の時は少し左に傾けて捺印してますよね。逆に社外の契約書で、尾台さんの印鑑が掠れているのを見たことがありません。いつも綺麗に真っ直ぐ、色濃く力強く押されています。どっちも好きですよ」

「ああ……ハンコ……上司にお辞儀してるみたいに見えるからいいって聞いてやってました」

「そんなの律儀にする人いませんよ」

「そっか……契約書は、私のハンコが掠れてたらお客さんが不安になるかなって、気合い入れて押してました」

「好きですよ」

「う」

さっき一回言われて流したんだけど、袴田君はもう一回言ってきた。

「好きです、尾台さんのそういうところ」

三回言ってきた。

でもなんて返していいのかわからない。袴田君は答えない私に何も言わなかった。

いまさら手繋ぐの恥ずかしく思えてくる。相変わらず手を離してくれないから、ちょっと気まずくなって外でも見ておいた。

ハンコなんてもう癖になっちゃって気にも留めてなかったんだけど、そんな小さなところでも気がついてくれる人がいるって嬉しいなぁ。

でも、私だけ特別ってわけじゃないよな、仕事の一環？　めぐちゃんのことも気にかけてるみたいだし。

そしたらクイクイと手を引っ張られたから、袴田君のほうを見る。

「仕事、辛くないですか？」

「え？」

「仕事内容ではなくて、人間関係とか」

「人間関係……」

「まだまだ古い体質から抜け切れてないですからね、うちの会社。俺は尾台さんの力になりたいので、なんでも言ってください」

あっもしかして、朝の葛西さんの件かな？　えっ、気づいて助けてくれた……？

「あの……今日はありがとうございました？」

「いいえ。だって俺の用事のほうが重要だったでしょう？」

袴田君はくすって笑う。そしたらドキンってあれ……なんかちょっと……あれ、変な動悸……してる？

胸の鼓動が今まで感じたことのないくらいでどうしていいのかわからない。

「御茶ノ水で、尾台さんのおすすめのお店はありますか」

沈黙して固まってたら、袴田君が話を振ってくれた。

私は昼お弁当持参だし、そもそも外食が苦手なんだ、とか逆に袴田君のおすすめのお店の話してたら………ヤ、ヤバイ、いつの間にかタクシーが停まっていた。

お金を払おうと思ったのにカードを出されてしまうし、先降ろされちゃうしで、何もできなかった。

目の前にそびえる建物を見上げる。高級そうな高層マンション……帰るなら今しかないよなって思った。時間は午後十一時になるところ、よかったまだ今日だ。

どうする？　どうする私!!　このまま男性の家に上がるってどういう意味なのか、わかっているのか私。でも結局、新しいメイク道具買ってないし、返してもらえるなら返して欲しいよな……

袴田君、めぐちゃんの話とちょっと一緒にいて話した感じでは、いい人っぽいけど……

エントランスに行くまでの植栽すごくて、わさわさ生えちゃってる、なんのため？　とりあえず花壇の縁にちょっと腰下ろす。袴田君はジャケットの袖に腕を通しながら首を傾げた。

「どこか具合でも悪いんですか」

「ああ……っと違くて」

「どうしました？」

なんていうか、私はこういう場面って経験ないから、すべて書物の知識なんですけど……でも曖昧が一番よくないから！

心配そうに顔を覗き込んでくる袴田君に、できるだけ真剣な顔で言った。

「仕事もプライベートも時短推奨のため、単刀直入に言わせてもらいますと！」

「はい」

「袴田君は私に下心がありますか‼」

「え」

「だって、私がすすす好きなんですよね？　今家に行ったら押し倒されたりするんでしょうか！　私にはそんな気ないんですが、世にあるＴＬ漫画等では、のこのこ男の部屋に入ったが最後、組み敷かれ抵抗すると『はぁ？　お前男が一人で暮らしてる家に入ってきといて、いまさらそれはねーんじゃねーの？　お前だってこうされたいんだろ？　ほら顔真っ赤だよ？　ん？　欲しいんだろ？　おねだりしてみろよ』って言われるんですね！　私は本当にポーチを返して欲しいだけなのですが、袴田君は件（くだん）の『はぁ？　お前男が一人で暮らしてる家』男子なのでしょうか！　もしそうだとしても、私は男の人に性欲があるのは当たり前だと思いますし、男の人に性欲ないと人間が絶滅してしまうので、性欲があるのはいいことだと思います！　なのでその場合、私は袴田君の性欲がおさまるまで、ここで大人しくポーチ待っていてもよろしいでしょうか‼」

めっちゃ早口で言ったら、袴田君は口開けながら聞いてたけど、後半は笑っていた。

「ふふふ、いいよ。尾台さん素直でいいですね、何回性欲って言うの。大丈夫です。下心は理性総動員で抑えるので、お茶でも飲みませんか」

「飲みません！　私の読むＴＬ漫画ではそのような時のお茶には大体媚薬（びやく）が含まれています！　飲んで数分すると眩暈（めまい）がして『あれれ〜？　どうしたの？　ああ……お薬効い

てきちゃった？』って押し倒されます！」

「尾台さん急に癖が出すぎだから。普段どんな漫画読んでるんですか、純愛系にしましょうよ」

ね？　行きましょう？　って袴田君は手を握ってきた。「ほらこれアカンやつやないの!?　男は狼なんやで！」と心の中で謎の大阪のおかんが言ってくる（東京都出身）。でも大きな手でガッチリ握られて、迷いのない袴田君の真っ直ぐな足取りに、そのまま連れていかれてしまった。

「何もしないって約束してくださいね」

「しますします」

「絶対ですよ！」

「ですです」

一つ目のセキュリティーを抜けると、大理石のエントランスには鮮やかで見事な花が置かれてた。こんな時間でもコンシェルジュいて、その横を通過するにはまたセキュリティーカードが必要で……

これ軽い要塞じゃないですか！　一度入ったら逃げられないぞ絵夢!!　やっぱすっごく緊張してきた！

不安で手引っ張ったら、袴田君顔傾けてきて笑顔。あれこの人こんなイケメンだっ

たっけ。ってべつにお金持ってそう！　とか思ってないですよ‼

家の中に案内された。お靴ちゃんと揃える。

「あれ、綺麗」

あの朝はカーテンが閉まってて電気もついてなくて、散らかってるってイメージだったんだけど、通された部屋は片づいていた。リビングだから？

「寝室も綺麗ですよ、ほら」

袴田君は隣の部屋のドア開けた。うっひょ‼　そこ、こないだ起きたベッド‼　あ、でも綺麗。

「片づけたんですか」

聞いてみたら、袴田君はちょっとムッとした顔になった。

「そうですよ、っていうか、あの日荒らされたんですよ」

「え」

「尾台さんが家に着くなり『総務ってこんないいとこ住んでんのぉお‼　キィェエエエーー‼』」

「ひぃい……‼」

「嘘です、いろいろあってって感じです。まあ気にしないでください、何も壊されてませんから」

「いや、そういうわけには」

でも怖くてその日のこと聞けない、死にたい。

「ささ、座ってください」

「土下座でいいですか」

「それじゃお茶飲めないでしょう」

肩押されて腰下ろす。袴田君はキッチンに向かった。

グルッとお部屋見てみる。おしゃれな間接照明あるし可愛い形のディフューザーあるし、植物あるし壁には写真がいっぱい飾ってある。ブラックライトの水槽に……あ、なんか音楽かかり出した！

「何ここ、ラブホみたい！」

思わず言ったらポットに火かけてた袴田君が眼鏡(めがね)キラッてさせた。

「褒めてますよね？」

「はい、そのくらい素敵って意味です」

「ラブしてしまうくらいムードがあって素敵？」

「ラブ？　ムード……？　ああムード………」

ヤッベ！　なんでラブホとか言ってしもたんやろか！　混乱してたら袴田君たたみかけてくる。

「尾台さんはラブホにはよく行かれるんですか」

「え？　あ、はい！　ふ、ふふふ二日に一回は」

「じゃあ明日行くんですか？　へぇ昨日は誰と行ったんですか？　え、もしかして今日今から」

「嘘です行ったことないです」

「お疲れ様です」

「お疲れ様です」

袴田君はカップにお湯を注ぐと、茶葉の入った筒と一緒にトレイに載せてこっちに運んできた。それでその筒を渡してくれる。

「高そうですね、釘が打てそうな缶！」

「王室御用達の紅茶みたいですよ。いただきものですけどね。尾台さん、コーヒーより紅茶派ですよね？　デスクにティーバッグ置いてあるし」

「はい紅茶派です。コーヒーってあと引くじゃないですか。スッキリするけど、どんどん飲みたくなるストレスが半端なくて、やめました」

「へえ。ストレスを緩和するコーヒーにストレスを感じるんですね」

高そうな茶筒を眺めてたら、袴田君は「もしよかったら持って帰ってください」って言ってくる。

マジで？　ほしーけど、私そんな物欲しげな目で見てたかな！

カップを手に取ると、銭湯みたいな富士山のタイル絵が描かれていた。袴田君の趣味？　高級な紅茶にミスマッチなカップだけど、可愛いからいいか。

カップを口まで持ってくると、湯気から高級そうな香りしてる!!　あ！　でもそうだ。

「忘れてた。袴田君一口飲んで」

「毒見ですか？　いいですけど間接キスになるし、もし媚薬が入っていたとしたら、俺とんでもないことになりますよ」

「ひょわ！」

「ふふふ毒なんて入ってないですから、普通に飲んで？　俺も同じの飲みますし、ほら」

ってカップをカツンってされたあと、袴田君は先に紅茶に口をつける。のど動くところまで確認して聞いてみた。

「美味しいですか？」

「うぉぉぉおおおおお!!」

「ええええええ!!」

突然、胸掴んで呻き出した。なななな何!?

と思ったら、真顔に戻って眼鏡直してる。

「嘘です」

「もう帰っていいですか」

「ダメです。はい尾台さん、まずこれポーチです。どうぞ」

いつの間にか袴田君の手には私のポーチ。どっから出したんだ。

「ああ……はい、ありがとうございます」

なんなんだよ袴田君、どういう性格なんだよ袴田君。でも悔しいことにそんなので緊張が解けて、紅茶を一口飲んだ。

ふぁぁ……いい香り。やっぱり美味しくてほっとしてたら、袴田君は私見て安心したように口端を緩ませた。

「それで……」

袴田君は紅茶を飲みながら言う。

「はい？」

「それでラブホ云々は、〝私ビッチなのよ作戦〟ですか」

「してませんけど」

「なんだ、てっきり俺からのプロポーズ断りたくて、ビッチを演じてるのかと思いました。『あんなふうに男と寝るのなんて、鼻毛抜くくらい私には日常茶飯事(にちじょうさはんじ)なのよ』みたいな」

「鼻毛は剃る派です」

「俺ワックス派です」

「痛くないんですか」

「最初はビビリましたけど、慣れると快感です」

「へぇやろうかな」

「ネットで買えますよ。へぇ尾台さん話逸らすの上手ですね」

「え？　逸らしてましたか、鼻毛の話振ってきたの袴田君でしょ」

「そっか、じゃあ本題に戻しますね」

「戻さなくていいですけどね」

紅茶飲みながらカップ越しにちょっと睨んでみたら、袴田君はまさかの真剣な顔で。

「尾台さん、好きです」

まったく、一切の動きを許されずに私の体は固まってしまって。

「あ、ちょっと尾台さん紅茶ブクブクしちゃってますよ、カップ下げて」

「すみません」

カップを取られてテーブルに置かれてしまったので、手持ち無沙汰で髪結わく。そしたら袴田君がじっと見てきた。

「あれ、お仕事モードですか」

確かに、仕事する時はいつも髪結んでる。よく知ってんな……

「そういうわけじゃないんですが。のこのこやって来た手前言いにくいんですけど、袴田君と話すこともないし、気まずいなと思ってます」

「そうですか、じゃあそんな気合いの入ったお仕事モードの尾台さんに、一発ポンと」

袴田君、紙出してきて言う。

「署名捺印お願いします」

「これ婚姻届なんですけど」

「えぇぇぇ⁉　これ婚姻届なんですか知らなかった！　初めて見た‼」

言いながらすっごい覗き込んでるけど、夫になる人の欄記入済みだし。何この茶番。

「袴田君って周りからの評価を聞くとすごく信頼されてるし、仕事もできる人だし、その上草食男子みたいになってるんですけど、実は変な人なんですか。これは煽ってるのではなく、本気で心配してるんです。突然女性に婚姻届突きつけるって、されてるほうは恐怖ですよ」

「恋の病にかかってしまったもので」

「眼鏡キラッてさせてますけど、ますますおかしい人です。どうしてこんなの持ってるんですか、しかも袴田君の名前書いてあるんですけど」

「はい、今すぐにでも俺は籍を入れたいので」

両手に持って見せてくるんだけど、え？　なんで？　っていう疑問しか浮かばないんですが。

ずいっと迫られる。これはその、押し倒されてはいないけど、違った危険を……!!

「ちょっとあの、袴田君はなんで私と結婚したいんですか」

「尾台さんが好きだからです」

「でも私たちちって接点なかったじゃないですか」

「何言ってるんですか。俺たちはもう接点どころじゃないでしょう？」

ワンナイトラブかと思いきや、袴田君思ったより本気なんだけど……でもこのまま結婚っておかしいもんな。

ちょうどいい！　髪も結わいてるし自分の酒癖の悪さもわかったし、ここはひと思いに土下座しよう！

そうだよね、むしろはじめからそうするべきだったのに、逃げていたんだ。ありがとう袴田君、目を逸らしていた現実に向き合うことができました!!

「尾台さん？」

袴田君心配そうにこっち見てくる。

私は今から袴田君に三つ指ついて頭を下げるのです。深呼吸して頷いた。

「まずは、ありがとうございます。飲み会で、袴田君が私を助けてくれて、ずっと傍にいてくれてたって今日聞きました。そして一緒に寝てたってことは、そのあとも袴田君は私に付き添って介抱してくれたってことですよね。それなのに何も言わずに帰ってごめんなさい。言い訳はしません、みっともない限りです。本当にご迷惑をおかけしました」

「はい」

静かな返事に私は顔を上げる。眼鏡(めがね)の下で灰色の瞳が真剣に私を見ていた。ちょっと怯(ひる)んだけれど、気を引き締めて続ける。

「嘘をついても仕方ないのでハッキリ言います。私たちは男女の関係にあるのかもしれませんが、私にはあの日の記憶がありません」

「はい」

「だから」

「はい」

「だから……あの日をきっかけに袴田君が私を好きになって結婚したいと言っているなら、私はそれに誠実な気持ちでお答えすることができません。すごく身勝手だし、女として最悪なんですけど、でもそんな気持ちで結こ……んんんん……っ」

上手に言えたと思ったのに、待って！　なんだ!!

袴田君が私の口を塞(ふさ)いでいる、よりにもよって口で!!!!

「キスした記憶もありませんか？」

「あ、なっ……に、ないですよぉ」

「じゃあこれが尾台さんのファーストキスですか？」

ちょっと離れて聞いてきて、また唇重ねてくる。

「んん！」

「じゃあ今日は俺のキス、覚えて帰ってください」

「あッ、や」

体抱き寄せられて骨キシキシいってる怖い！　近い!!　婚姻届グシャってなってる！

でもなんでか落ち着く匂いする。香水？　柔軟剤？　嗅ぎ慣れた匂い。

思わずくんくんしてたら、袴田君耳元で囁いてくる。

「どんな答えでも俺は尾台さんが好きなんですけど、その答えはさらに好感度高いです」

「え？　え？　何？　私お断りしてるんですけど!?」

「はい。『今のままじゃ私は真剣になれないから、もっと本気でぶつかってこいよ袴田！』ってことですよね？」

「は？」

「酔ってても記憶に残る男になれよ袴田！　お前の気持ちはその程度か袴田！　私の初

めての男にな……」

「言ってないよ袴田!!!」

袴田君ぎゅってしてちゅっちゅしてきて、ヤダヤダヤーダヤダ!!!

「袴田君離して!!」

「ああ、そういえば」

両手取られて引っ張られて、私の手握ったまま、袴田君後ろに倒れちゃった。私が押し倒してるみたいになってるんだけど。

「好きな人に押し倒されるって最高ですね！」

「何がしたいんですか、私がしたんじゃないでしょ」

「言っていいですよ、尾台さんが愛読されてる漫画のヒーローのセリフ」

「え？」

「『ここまで来てそれはねーだろ？　こっちはヤりたくて前世からムラムラしてんだよ。ほら言ってみろよ、ご主人様の舌がほしーですって』はい、せーの」

「言わないから！　前世からってムラムラしすぎでしょ、早く起き上がってくださいよ」

しかも何？　何その漫画ぁ！　すっごい気になります!!

「わかりました」

で、袴田君起き上がって座ったら、向き合ったまま抱っこされちゃってるんですけど、なんだこれ。

「大好きな尾台さんがこんな近くにいる、幸せ」

「そうですか、私はあの……近すぎてもうどうしていいかわからないんですが」

「尾台さんは俺を好きになれませんか」

「袴田君を……好きに……？」

至近距離で急に真剣に言われた。腕から袴田君の熱が伝わってくる。

「そうですよ、既成事実さえあればどーにか丸め込めるかなと思ったんですけど、結構抵抗してくるなっていうのが、正直な感想です」

「それ本人に言うんですね。あの……私、恥ずかしながらああいったのが初めての経験だったので、対処が分からず、なかったことにしようと必死なんです。袴田君とも仲良くなかったし、一夜の過ち（あやま）にしたかったのに、しつこく迫られて正直引いてます」

「愛してます！　尾台さん」

「だから引いてます。でも袴田君……悪い人ではないみたいだし」

「好きになれそうですか」

私を支える大きな手に力が入った。灰色の目が少しキラキラしているように見えて、そっかこれが恋する瞳？　と他人事（ひとごと）のように思いながら答える。

「やぶさかでない」

「それは、本来の喜んでするって意味ですか。それとも昨今使われてるような、曖昧で後ろ向きな表現ですか」

「うーん……袴田君は私と結婚したいって言ってくれましたけど、私は結婚ってすんごく好きな人と四六時中一緒にいたいからするのかなって思ってるんですよ。でも現状、袴田君にそんな感情湧いてないですし、過去に男性とお付き合いしたことがないので、私にはそんな気持ちわかりません。未だに結婚に対しての願望もないんですよね。それに、お酒の勢いで男性と寝てしまうような女に好意を寄せる袴田君が心配です。実を言うと袴田君、草食男子って言われてたのに中身全然違うし正体不明すぎて、私を騙そうとしているのではと勘繰ってます。だからこんな私が袴田君と恋愛なんて無理なんじゃないかなぁと思います。そしてそんな曖昧な気持ちで頷いても袴田君の時間を無駄にするだけだし、失礼にも程があるので、やっぱり断ってもい……って寝てる!!!」

「あ、グダグダしたウザいの終わりましたか」

めぐちゃん………この人全然話聞いてくれませんやん………

袴田君は私の髪を一つに束ねていた茶色いゴムを外すと、センターで分かれた髪をゆっくり梳いてくれた。

あ、頭撫でられてる……温かいナニコレ温かい……。袴田君はそのまま優しい声で話し出す。

「一つ訂正しておくと、一晩寝たから好きになったわけじゃないですよ。言ったでしょう？　既成事実作ればこっちのものだと思ったたって。俺はもっと前から、尾台さんを見てましたよ」

「そ、そーなんですか？」

え、何、袴田君ずっと私が好きだったたってこと？　よくわかんないけど急に目合わせんの恥ずかしくなってきた。

ちょっと顔下げたら顎持たれて、袴田君と目を合わさせられる。

「顔赤くしてどうしました？」

「知りません！　赤くありません！」

「少しは俺を意識しようって思いました？」

「意識？　意識って？　そういう切り替えがあるんですか？」

聞いたら袴田君はにこってしながら長い人差し指で私の胸の真ん中をトンっと突いてきた。

「俺を見て、ここがちょっとおかしくなってたら意識してますよ」

「ヒッ！」

お、お、おかしくなってる！　おかしくなってるけど、それは袴田君が触るからなん

じゃないの⁉

言い当てられて恐ろしすぎて、指両手で握って離そうとするんだけど、無理！　なんて力！

それでいきなりふっと指が離れたと思ったら、胸に抱き寄せられてしまった。

袴田君、小さく笑って言う。

「いいですね～このピュアな子を育てる感じー」

「育てなくていいんですけど！」

「尾台さん！」

「な、なんですか」

「週明け提出のアクションプランはもう立てましたか」

アクションプランっていうのは、今期の目標を自分で立てて会社に提出するものなんだけど、なぜ今、それを⁉

「い、いえまだ……」

「では来期の目標は、寿退社でいきましょうか！」

「いかないですよ！　貯金はいくらあってもいいんだから働きますよ、退社はしません！」

「じゃあ目指せ産休‼」

「あ、あ、ちょっと袴田君！」

何一人で決めてんの⁉　って上向いたら、袴田君がコツンと額をつけてきて言った。

「もう一回キスしてもいいですか？　少し袴田君本気のやつ」

「ほ、本気⁉　本気って何⁉」

至近距離で舌なめずりされる。あ、やだやっぱそういう意味⁉　舌入っちゃうってこと⁉

胸押し返すけど抱き締められてる男の人の腕の感触に力入らなくて……

「お、お、お……‼」

「ん？　なんですか」

「お付き合いしていない人とこういうのは、いけないっておばあちゃんが！」

「あら」

顔を傾けられて今にも触れそうだった唇が少し離れた。

「おばあちゃんが言ってたんですか」

袴田君冷静な顔で見つめてくるから、ちょびっと目伏せる。

「むしろ先祖代々尾台家に伝わる古の壺的な巻物的な」

「それはすごいですね」

「だからここでストップ……」

ぎゅってスーツ握ったら袴田君の力が抜けて、ちょっと安心する。眼鏡を直してから、袴田君は灰色の目を向けてきた。

「いいですけど、一つ気になってること言いますね。尾台さんって職場でも友人に対しても何か一枚壁を作って接しているように見えます」

「え」

「これ以上は来ないでって壁、今ここにありますよね」

壁に触るみたいに目の前に手のひら見せられるけど、そんなの知らないし。

「急になんですか」

「尾台さんは笑顔も素敵です、物腰も柔らかいです。仕事とプライベートをキッチリ分けてるのもいいと思います。でもそんな状態で、俺とに限らずこの先恋愛ってできるんですか。素顔の尾台さんがまったく見えてこないんですが」

「そんな……の、知りませんよ。私は私らしく、生きてるだけです。他人と一線くらい引くでしょう、社会人なんだから」

「でもこのままじゃ尾台さん、一人ぼっちですよ」

「あ……っとそれは」

目逸らしたら、また体ぎゅってされた。距離近いまんまですごくいやだ。

「ね？　俺はこんなに近くにいるのに、尾台さんの心って別の場所に住んでるおばあちゃんのところにいるんですよね。俺は本心で好きだって言ってますよ。信用できない？　信じられるまで好きだって言いましょうか、いいですよ明日会社休んで言い続けても」

「そんなのはダメです」

眼鏡の奥の真剣な瞳に射貫かれて、息が止まりそうだった。

袴田君の言うとおりだ、私は自分で壁を作ってる。

寂しいと思う時もある。でもそれ以上に私にとって壁は大切。私が傷つかないでいられるのは、その壁のおかげなんだ。

「拗ねちゃうと口尖らせちゃうんですか。尾台さんのそういう顔もすごく好きです」

下唇をなぞられる。なんかバカにされてるみたいでムッときてワイシャツの胸のとこ掴んだ。私のことなんて何も知らないくせに。

無性にイライラして……こんなの言ったたって意味ないのに、勝手に口が……

「いけないことですか」

「はい？」

「防波堤を築くのはいけないことじゃないでしょう？　誰かと仲良くなって、上辺だけじゃないその人の本当の中身を知って、傷つかない保証ってありますか。いいんです、私は忘れられてしまう程度の、〝いい人だった〟くらいの人間でいいんです。相手も〝いい人〟であって欲しいんです。手を繋げるような近い距離感なんて、私にはいらない」

「尾台さん」

「袴田君だって、にこにこした私が好きなんでしょう。だったらこれでいいじゃないですか。本当の私知ったら、袴田君傷つくかもしれませんよ。だからこれでいいの、これだって私です。これが本当の私です。私は一人だって平気です！」

本心なんだけど、口にしてみたら思ったより辛かった。でもいまさら変えられないんだ、誰かの心に踏み込むの、怖いし。

いつの間にか私の頬は袴田君の手に撫でられていた。

「俺は尾台さんをもっと知りたいと思うし、俺のことも知って欲しいです」

「知りたくありません」

「どうして」

「…………」

黙ったら、また口が尖ってるのか袴田君は唇を押してくる。

さっきみたいに寝たふりしてよ！　こういう時だけ話聞いてきて、なんなんだよもう！

「どうして知りたくないんですか？」

袴田君まだ食い下がってくる。しつこいぞ！

「だって……」

「だって？」

優しい言葉に誘導されて、また胸の中のモノが出てきちゃって……

「だって！　大好きだった子が本当は私のことが嫌いだったなんて、悲しいじゃないですか。とってもいい子で仲良しだったのに……私がもっと仲良くなりたいなんて思わなければ、上辺だけの関係でも、私たちは今だって笑っていられたかもしれないのに……だから私はもうこのままでいいんです。もう誰とも仲良くならな……」

「わかりました」

荒らげた息を袴田君の唇に呑まれる。ワイシャツを握った手にぎゅっと力が入った。反射的にだ。だってダメだって言ったのに袴田君またキスしてきたから。

水っぽい音がして、舐められてるって気づく頃には唇を割られていた。

初めて自分の中に入ってくる異物にゾクゾクする。息と一緒に、熱と匂いと感触と音と……いろんなのが混ざってる。

口の中を舐められて顔を引いたら、大きな手に後頭部を支えられて動けなくされて。

舌合わされて擦られて、鼻から勝手に声が出る。

「力抜いて。ほら今、口で息吸っていいから。楽にして尾台さん」

「んんはッ……」

「違和感はいずれ気持ちよくなるから。俺のキス、忘れられないくらい味わって？」

「い、ま……私話して、たぁ」

「はい、ごめんなさい。でも尾台さん苦しそうだったから」

口の中に親指が入ってきて口閉じられない。袴田君は私の口の中を見ながら切なげに目を細めた。

「尾台さんは実は草食じゃなかった俺を知って傷つきました？」

親指で舌弄られて話せないから、首を左右に振る。

「いいですよ？　傷つけてもいいです、俺のことなら。言いたいことなんでも言って？　尾台さんが本心を話すようになって、たとえ驚くような性癖なんかがあったとしても、俺はそれを含めて尾台さんが大好きって必ず言うし、俺の中身で尾台さんが傷つくようなところがあれば、絶対直すから」

「んんっ……」

袴田君ずっと舌触ってくるから、上手に答えられない。

「尾台さんが過去に何があってそういうふうに思うようになったのか、俺は聞かないけど、この世界に自分だけでいいだなんて、そんな寂しいこと言わないでください。俺は尾台さんをちゃんと見てるから」

眼鏡(めがね)の奥の瞳が光ってて、なんかちょっと泣きそう。勝手に頭が頷いちゃったら、袴田君は穏やかに笑った。

「尾台さんの世界に、俺、入っていいですか?」

「あっ……袴田く……」

「手繋ご?」

口に入ってた親指が抜かれて代わりに唇が重なって、なんでか私も目を閉じた。

袴田君のごつごつした手が、ワイシャツを掴んでた私の手を優しく取って指を絡めてくれて。

……待って! さっき胸ツンッてされたところが痛いくらいドキドキしてる。

こんなふうに手を握られるのも初めてだし、キスだって……! 口……口から音してる!

舌って柔らかいんだ、曲がってくにくにする。唾液どっちのかわからなくなるし、べろ痛くない力で噛まれて、なんか腰がゾクゾクするの。袴田君たまに低い声出すし、体あっつくなる、ヤダ!

「袴田君袴田君」

「はい」

「もう無理……」

袴田君の肩口に額つけて深呼吸。

「ごめんなさい、ちょっとがっついちゃいました。尾台さん可愛くて、つい」

「急にいろいろしすぎです」

「ごめんなさい」

袴田君が背中撫でてくれて、心地よすぎてまた胸が苦しくなる。

「ああ……えっと袴田君」

「はい」

「よくわかりませんけど、袴田君といると変な感じになってきました」

「もうそれ好きですね」

「好きじゃないです。だってまだヤレそうな女の人には、いつもこういう手使って落とすのかなって疑ってますから」

「え？　尾台さんとヤレそうですか‼　やった！　今すぐしたいです」

「もうヤッたでしょ！」

「今日の話です、なう」

「ダメ」

プイッと肩に載せてた顔を外に向けたら、袴田君はふふふっと笑って抱き締めてきた。

「尾台さんだーい好き」

「はい、すみません」

「おお、返事が尾台さんっぽいですね、普通ははにかんでありがとうですよ」

なんかムカツクから背中に爪立てとく。袴田君は全然気にしないで笑ってる。

「ふふ、じゃあ仲良くなれたし帰りましょうか、車出します」

「え？」

体がゆっくり離れる。袴田君は顔を傾けて私と目を合わせて、白い歯を見せた。

「今日もお泊まりしたかったですか？」

「か、帰りますぅ‼」

新事実、袴田君はすぐ調子に乗る。

男の人が運転する車の助手席に座るのは、仕事でたまにあるから大丈夫だろうと思ってたのに、全然そんなことなくて、視線や仕草をいちいち観察しちゃって超緊張した。

教えてないのにうちのアパートの前で車が停まったのは気になるけど、降りる間際、ドラマやマンガで見るような「じゃあおやすみ」ってキスされて倒れるかと思った。

それだけならまだしも……

「よかったです。尾台さんと距離が縮まって」

「ち、縮まってませんよ！　……でももし私が全力で拒否したら、どうするつもりだったんですか？」

なんて答えるのかと思ったら、袴田君はおもむろに携帯を取り出して画面を見せてきた。

「これ、だーれだ？　って、とりあえず無理矢理にでも言うこと聞かせる作戦に移行する予定でした」

「なななななななな何それ袴田君ッ‼」

「大好きな尾台さん………とボック☆」

下着姿で袴田君に抱きついて寝てる私ですけど、それ！

「いい感じの動画もあります！」

「消してください‼」

「膨大すぎてすぐには無理です」

「袴田君の新たな一面を知って失望中ですよ！　脅すつもりだったんですね、最悪！

超傷ついた‼」

「でも尾台さん、あの日をなかったことにするつもりだったんでしょう？　それだってひどくないですか。これは最後の切り札です。俺は隠しごととかしたくないので、先に見せたまでです」

「ぐっ………！」

「さあ早くお風呂入って寝てください、それではまた明日」

結論、袴田君のことはまだ好きになれそうにない。

家に入って鏡を見て、本当にここに袴田君が触れたんだって自分の唇をなぞる。そしたら体の芯から熱がぶわっときて、慌てて自分の体を抱き締めた。あの日、本当にあんな感じで……あのまま服脱いでエッチしたのかな。

そっか、あの日……したんだよね……だって裸だったし、袴田君の匂い嗅いだこと……あったし、うわわわわわわわ!!

いまいち現実味がなかったのに、初めての男の人の大きな体に唇に舌の感触に……口の中むずむずしてきて体の奥がじんじんする。

ひゃあぁだ！　変に意識してきた！　だって……あんな感じで体とか舐め……!?

う、う……とりあえずお風呂に入るぞ絵夢！

ゆっくり肩までお湯に浸かってサッパリしたら、少しは落ち着くかと思ったけれど、体温が上がるばっかりで、まったく動悸(どうき)はおさまらなくて……

そりゃそうか、今日は驚きと初めてのことばかりだったものな。だよね、だからこんなにドキドキしてるんだよね。それだけだよね!?

で、早々に布団に入って漫画読んで、ゲームして寝た。

第二章　なんでも真面目な袴田君

あくる日、めぐちゃんが出勤してきてニッコニコで昨日のこと聞いてきたから話したら、朝から怒らせてしまった。

「はぁ⁉　キスして家帰ってエロ本読んで寝ただと⁉」

「だからエロ本じゃなくてＴＬ漫画だからぁ。朝からそんな大きな声やめてよ！　聞かれたから答えただけじゃん」

「いやだって、もう一発ヤッてるくせに付き合ってもないし、あっりえねーこと言ってるし、こっちだって声でかくなるっつーの！」

「ていうか、昨日なんでめぐちゃん私置いて帰っちゃったの、ひどいじゃん」

「すぐにお酒に逃げようとする上司をこらしめようと思って」

コーヒー片手に意地悪そうににやってされた。それに関してはすみません。

「べつに逃げてるつもりないんだけどさ、ついつい飲んじゃって」

「袴田君呼ばなきゃ、あの状態のえっちゃん私が介抱しなきゃいけなかったんでしょ？　勘弁してよ、私も若くないんだから。時間は有限なの、お肌生成タイムに寝たいんですよ」

「わかったってば、はい！　以後気をつけます」

「それも昨日聞いたし……」

めぐちゃん、小指立ててマグカップ傾けながら睨んでくる。本気で怒ってるやつ！

本気で次こそ気をつけます。

頭下げてたら、めぐちゃんの楽しそうな声が聞こえてきた。

「お？　っと噂をすれば総務の人出勤してきたよ」

「ひッ！」

と、なんか隠れちゃうんだけど、きっと意味ない。

「ははーん、ずいぶん意識してますねぇ。まるで中学生のよう。何がキスだよっとか思ってたけど、えっちゃんにとってはキスも大事件だったのね」

「ああああ当たり前じゃん‼　しかもハグもされたんだよ！　手も握ったし！　思い出してきた！　一晩寝かせて落ち着いてきたのに、やっぱ無理！　袴田君まともに見れない！」

「ふーん。じゃあまあ今日はとりあえず、袴田君に一言話しかけるのが目標ね」

「へ？　なんで？　べつに用ないし」

「この席さぁー冷房直に当たって寒いんだよねぇ」

「は？」

めぐちゃんは急に両腕擦って寒い寒いって言いながらにやってした。

「言ってきて？　総務の人に」

「そんなことまで総務の人に言うの⁉」

「だってデスクのレイアウト考えたの総務だって言ってたよ。じゃあ逆に誰に言うわけ？」

「そ、そっか……って自分で言いなよ！」

「私バイトだし、そんなわがまま言えるわけないじゃん。私服の私より制服着た社員様が言ったほうが力あるでしょ？　久瀬さんが寒そうにしてたって、私のせいにするのはありだけどね？」

漫画さながらにウインクするめぐちゃんは可愛い。……あれ、これなんか。

「めぐちゃんってさ、私を応援？　してくれてるの？」

「は？　何をいまさら。えっちゃんお酒飲むたび『好きな人欲しいー』って言ってんじゃん。袴田君もいい人だし、頑張ればって思ってるよ？」

「めぐちゃん……」

天使ちゃんにいっぱいハグしとかねば‼　いい子いい子！　めぐちゃん本当いい子‼

めぐちゃんは本当優しくていい子だなぁ。恋のキューピッドになってくれるの？　なんて、ごめん。私、袴田君と付き合う気ありませんけど……

「何なに、貧乳が当たって痛いからやめてよ」

「あ、ごめん」

離れるついでに、羨ましいからめぐちゃんのおっぱいちょっと揉んどく。

「あ、始業時間じゃん。じゃあよろしくね？　えっちゃん！」

「ん？　うん！」

まだ今日の仕事何も頼まれてないから、早いうちに行っておこうかな。

同じフロアの反対側にある総務部に向かうのです……袴田君席にいた。よかった、のか？

総務部は三人。袴田君と部下が二人……そ、そっか……袴田君、部長なんだ。

皆が袴田君袴田君呼ぶからフランクな感じで話しちゃったけど、私なんかより全然すごい人だった。そりゃそうだ、私なんて書類選考で撥ねられちゃう親会社から来た人だもんな。

総務というか経理というか庶務というか人事というか、もういろんなことしてて、皆毎日忙しそう。

袴田君は、受話器を首に挟んで誰かと会話しながらパソコン操作して書類も見てて、部下に視線で指示を送っていた。

これは仕事の邪魔以外のなんでもないな、帰ろう、お疲れ様でした。踵を返してさようなら、と思ったらきゅっと手を握られた。

「尾台さん、何か用ですか」

袴田君が受話器置いた手で引っ張ってきた。

「あっ」

ちょっとあの……そんな私ごときが袴田君の作業中断してもいいいんだろうか。

「どうしました？」

「えっと……あの……全然急用じゃないので、あとでいいです！」

「大丈夫ですよ。こっちまでわざわざ来たんでしょう、言ってください」

「うぐっ……」

ああこれね？　めぐちゃんが言ってた忙しくても忙しいオーラ出さないってヤツ、うん優しい。

「なんですか？　ここでは言いづらい話ですか？」

「え？　え？　全然そういうわけでは」

「話しにくいなら、あとでメール送ります」

「あ、うん、ああはい」

お、押しが強い。とりあえず頷く。袴田君は私の頭から爪先まで見て笑った。

「疲れてないですか？　今日出勤できるかなって心配してたので」

「大丈夫ですよ、あの……えっと、失礼します！」

なんかこう、袴田君の声って通るから、フロアの人たちによからぬ誤解を招きそう。撤退撤退‼　早々に歩き出したら。

「尾台さん」

「はい」

さっきより大きな声で呼び止められて、振り向いたら袴田君が近づいてきて……う、うわあ……！　え？　何？　サックスブルーのシャツにストライプのネクタイにネイビーのスラックスに………い、意味不明だから‼　何その爽やかさにちょっと知的さをプラスした、仕事できるマンなスーツの着こなし方！

昨日も見たのにどうしてこんなにドキドキするの⁉　袴田君こっち来る、やだ怖い！

「尾台さんこれ、昨日俺の家に忘れていったでしょう」

「ひ‼」

すっと紅茶の缶を差し出された。どうして最後のとこ強調して言うかな。

「さっそく飲んだらどうですか、体震えてますよ。それとこれ、よかったら使ってください」

私の制服の胸ポケットにボールペン入れられて、頭ポンポンされる。正気か、この

男‼

「ありがとうございます大きなお世話ですさようならぁ‼」

紅茶の缶奪って自席に急ぐ！　多分周りの人見てた、絶対見てた聞いてた！

席座って、天井仰ぐ。うわぁああん……疲れた。隣の席からめぐちゃん話しかけてくる。

「おかえり、えったん」

「ただいま」

「言えた？」

「言えなかった」

「言えよ、こっちは本当に寒いんだっつーの」

「ごめんなたい」

とりあえず紅茶飲もうって缶開けたら、茶葉が一回分ずつのティーバッグに小分けされてた。昨日見た時は、茶葉そのまま入ってたのに。

え、何これ袴田君がやってくれたってこと？　やーめーろーやー‼　そういう温かいお心遣いぃ！

もう辛すぎて頭デスクに打ちつけとく。

「どったのえったん」

ああやだ！　仕事に集中集中‼

紅茶淹れて髪を結って、なんとか頭切り替えてお仕事モード！　って仕事してたら、この頑張るぞってタイミングでこの人――葛西さんが来るのだ。

「どこに行ってたのよ尾台さん。全然戻ってこないから、今日は出勤していないのかと思ったわ」

「すみません、ちょっと総務の袴田君に相談があって」

「総務？　あなた仕事はしないくせに告げ口ばかり得意なんだから」

「つ、告げ口？　そんなのしてません」

「じゃあ何？　相談があるなら上司である私のところに報告しにくればいいじゃない」

「それは……」

「総務なんてお金も作らない部署が大きな顔して……この会社のことなんて何も知らないくせに」

と葛西さんはイライラしたように袴田君たちの席を見ている。隣でめぐちゃんが小さく舌打ちをしたのが聞こえたから、ダメって膝を叩いておいた。

葛西さんが袴田君を嫌いなのは想像できる。そりゃそうだ。今まで私用なのに勝手に領収書切ったり備品持ち帰ったり、葛西さんの思いのままだったのが、袴田君たちが来てから厳しくチェックされるようになって自由にできなくなったから。

総務部ができてから、葛西さんは昔みたいに皆の前で大声で怒鳴ることはなくなった。

だからといって葛西さんが大人しくなったわけじゃなくて、その分陰湿になってる。

葛西さんは視線を私に戻すと、頭から爪先まで見て眉根を寄せた。

「あら？　なんだか今日尾台さん、口紅が濃くない？　ああ、相談って親会社から来た男に色目使いに行ってたの？　いやだわ、仕事中に男漁りだなんて」

こういう時、ただすみませんって謝っておけばいいんだけど、そうすると男漁りを認めたことになってよからぬ噂……流されちゃうんだよな。

とりあえず手の甲で唇を拭ったら、葛西さんは満足そうな顔して私のデスクにファイルを置いた。

「これ明日の会議の資料。ちゃんとまとめておいてちょうだいね、遊ぶ暇があるようだからできるでしょう。ああ、あと昨日の資料は私の名前で出しておいたから」

「え、あれは私が作って……」

「なあに？　だって最後にチェックしたのは私でしょ？」

「そうですけど……」

「あと、暇なんだからこの見積書もよろしくね」

投げるように書類渡されて、急ぎかなってとりあえず日にちだけ見ていたら。

「あ！」

とめぐちゃんが声を出した。何かと思って書類から顔を上げると、私のパソコンの画面が消えていた。

「え…………今契約書作って……」

「だって今は書類見てるんだから、パソコン必要ないでしょ？　消してあげたのよ、節電しなきゃね。じゃあ私忙しいから」

葛西さんは平然とパソコンの電源ボタンから手を離すと、そのまま行ってしまった。強制終了とか……本当にこんな幼稚なことするんだから。

葛西さんの背中が見えなくなってから深呼吸した。気持ち切り替えないと。紅茶に口をつけようと思った時、めぐちゃんがバンッと足を鳴らした。

「もう！　なんでえったんがこんな我慢しないといけないわけ⁉」

「大丈夫大丈夫、まだマシになったほうだよ。昔は持ち物見てきたり、机叩いてきたり……ね？　私は気にしてないから」

「それよく言うけどさ、十発殴られてたのが今日は五発だからマシ、みたいな理論、本当バカだと思うよ。いやなもんはいやじゃん。それでいいじゃん」

「言いたいことはわかるけど、それを言って葛西さんが納得するわけじゃないんだから。他の人に当たるようになるだけでしょ。そしたら……どうするの」

「だったら何？　そんなところまで気を使う必要ないじゃん」

「……めぐちゃんがそんな怒んなくていいよ。仕事しよ？」

でも、とめぐちゃんはまったく納得してない顔だったけど、背中を叩いて前を向かせた。

パソコン再起動させて深呼吸。そうだ、これでもマシになったほうだ。袴田君たちが来て総務部ができる前は、もっとやりたい放題だったもんな。

私が辞めたら、また次の人がターゲットになるだけ……今のところ私にはめぐちゃんや他にもフォローしてくれる人がいて孤立させられてないだけマシだ。もし私が辞めたせいで次の人が死んだりしたら……って余計なこと考えちゃう。

やめよやめよ‼　パソコンもついたし、首を振って仕事に集中‼　キーボードを叩いてたらあっという間に午後。四杯目の紅茶に口をつけて、とりあえずノルマは達成したなと思ってたら、ん……社内メールだ。

わわわわ！　ひゃーきゃまだ君‼!

そっか忘れてた、連絡来るって。すごい、この見計らったようなタイミングのメール、さすが総務（意味不）。ドキドキしながらクリッククリック。

【三階のミーティングルームが空いてるので、そちらで話しましょうか。四時でどうですか？】

え、冷房寒いって言うだけなのにわざわざミーティングルーム押さえてくれたの、すみません。なんならメールでも済んだ話なんだけど……でも悪いしな。

「承知しました」

とりあえず返信して…………あ、袴田君からすぐ返事…………

【゜+。:.+。(ɔ、ɾ`c)ウゥッヒョオアアァアアアァ】

変なの返ってきた、はい無視。

仕事してたら約束の時刻が近づいてきた。営業部は総務部とともに五階にあるんだけど、健康のため階段で三階まで行こうと思ったんです。

時刻は午後三時四十分。べつに楽しみで二十分も前から行こうとしてたわけじゃありません。

あれ……でもそうだよな、楽しみでもないのに二十分も早く来てる私って、どう説明すんだよ。

と、三階と四階の踊り場に差しかかるところで足を止めた。だってこれ、先に私がミーティングルームにいたら、待ってたよ！　みたくならない？

もし袴田君が十五分前行動の精神の持ち主で、さらにそれより早く私がいたら…………!!!

も、戻ろ！　出直してこよ!!

そしたらコツンコツンって革靴の音がしてきて見上げたら、袴田君が下りてくるじゃありませんか‼

ヒエエエ‼　どうしたらいいの私ぃぃ‼　ってなってテンパってるうちに袴田君と目が合っちゃって、ビクッ‼　って体反っちゃってヒールが滑る。

「ひゃぁ‼」

「尾台さん！」

滑ったのは最後の三段だけなんだけど、何年ぶりってくらいに尻もちついちゃって超痛い。

「いったた……」

「大丈夫ですか‼」

何段飛ばしで来たのか、すぐに袴田君が体を支えてくれた。すみませんって言わなきゃいけないのに……

「べつに楽しみにしてませんからぁ！」

と言ってしまった。なんなんだよ私。お尻痛い足痛い……

「はいはい、こんな時まで強がらなくていいです。立てますか？　いや立たないほうがいいですね」

袴田君はそのまま抱き上げてくれて……⁉　いや待って会社でお姫様抱っこってどう

よ!? 抵抗しようと思ったのに、思わず動き止めちゃった。顎下から見上げるこの角度の袴田君、あれ、ちょっと格好良くありませんか？ 軽く後光が差すくらい整ってるんだけど。

じっと見ちゃったら、視線に気づいた袴田君がにこってしてきた。やだ恥ずかしい!!

「お、下ろしてください！ 歩けますから!!」

「ミーティングルームは階段の傍ですから、人に見られることもないと思いますよ。首に手回せます？」

「え？ あ、はい……」

意地悪なこと言われると思ったけど、袴田君はそれ以上何も言わずに立ち上がった。誰にも見られないならってなんか気が抜けて、胸のところで丸めていた手を袴田君の肩に伸ばす……ってちょっとこれ!! 一気に顔の距離が近かかかか!!

袴田君はふふって笑って、私のほっぺにちゅって………

「ちゅ、じゃないよ!! 何するんですか!!」

「可愛くてつい」

袴田君はゆっくり階段を下りた。目線に困ったけど部屋にはすぐ着いたし、無事誰にも会わなかった。

が、私を下ろした袴田君は、超目キラキラさせてる。

「まさか尾台さんが俺に会いたくて二十分前に行動してくれていたなんて、感動ですよ」

あのうん、やっぱりそうなりますよね、でも不本意だと言わんばかりにフンと横を向いておいた。

「トイレに行こうと思っていたんです！　楽しみにしてないってさっき言いましたよね」

「言われました言われました、そういうことにしておきます。とりあえず時間が限られてますし、はいどうぞ」

「⁇」

袴田君は椅子に座って両手広げてる。どういう意味だよ、あ、うんそういう意味だろうけど。

ほら抱っこって大きな手に誘われて、なんか……変な……電波みたいのがビリビリきてる……！

どうしよう、いやだ！

思ったほど嫌悪感抱いてない自分がいやだ、どうしよう。

きーて！　きーて！　ってしてくる袴田君に、耳とか尻尾とか見えちゃうんだけど。

この悪意の欠片もなく、純粋に抱っこを求めてくる感じ……実家で飼ってる犬（名前：ロミオ・雑種・オス）思い出しちゃって………

「おいで尾台さん」

「うう!!」

優しい言葉に誘われて、無意識に一歩近づいてしまったけれど。クッ!!! ちゃんと見てみなさい絵夢！ ロミたんは眼鏡なんてかけていないわ!!

やはりダメッ!! と背を向けたら、立ち上がった袴田君に後ろから抱き寄せられてしまった。

「もじもじしながらも結局抱かせてくれて……可愛いなあ、結婚しましょう!!」

「しません！ これはたまたまですよ！ たまたま!! だって君はロミたん！」

袴田君は背中にぎゅーって顔擦りつけてきた。男の人の太い腕がお腹に回っててちょっと恥ずかしくなる。さっきも膝や腰を支える手ががっしりしててムズムズしたんだ。袴田君、背中に耳を当ててくる。

「尾台さんの音聞こえます」

「やだ、聞かなくていいです！」

袴田君が何も言わないからちょっと静かになって、私も音響いてるの感じる。

そしたら袴田君は頭にキスしてきた。そんなのもムズムズする。それで高い鼻を髪に潜り込ませてきて言った。

「それで、待ちに待った尾台さんの愛の告白、聞いてもいいですか」

「は？　しませんけど」

何言ってんの？　って後ろ向いたら、袴田君「ええぇええ⁉」って眼鏡上下にガタガタやってる。

「大丈夫ですよ！　今人いないし、してもいいんですよ⁉」

「そんな仲じゃないでしょ」

「うそだぁあああ!!!」ってまたぎゅううってしてきた。いやそんな仲じゃないのにこの状態っておかしいけど。

「恥ずかしがらなくてもいいのに」

「愛の告白なんて、人生で一度するかしないかでしょ。急にそんな気持ち盛り上がりませんよ」

袴田君はがっくり項垂れて私の肩に額を落として言う。

「えー……俺それ期待して、今日仕事頑張ってたのに。だったらなんですか？　人前じゃ言えないようなことって」

「そんな落ち込まなくても……人前じゃ言えないようなって、袴田君が勝手に勘違いしただけですよ」

「はいはい。で？　なんですか早く言ってください」

私の肩に顎載せてる袴田君の声が不満げだ。え？　何、ちょっと怒ってる？

この状態で冷房の話するの酷な気が……!!　どうしようって黙っていたら、袴田君は私の胸ポケットに刺さっていたボールペンを抜いてノックして、自分の内ポケットにしまった。

ああ、朝、袴田君に入れられたやつ。その存在すっかり忘れてたな。

「それ、なんですか？」

「ん？　お守り？　みたいなものですかね。でも、今は俺が尾台さんを全力で守れるので、返してもらいました」

「そうですか」

で、沈黙しちゃった。どうしよう何か話さないと、私が話しかけたから袴田君来てくれたんだし……そうだ、この状況のこと……というか朝のこととか先に言っておかないと。

「あの、袴田君」

「はい」

「朝、少し私と話したじゃないですか、それで……そのせいで変な噂が流れて袴田君に迷惑かけるようなことがあったら、ごめんなさい」

「変な噂？」

「私が朝から男漁っててターゲットにされてるとか」

「俺が尾台さんのターゲット？」

頷いて後ろ見たら、袴田君は笑ってる。

「ふふ、そんな噂を流されたとして、誰がそれを信じるんですか。尾台さんが朝から男漁ってるなんて」

「でも」

「営業部でいつも一番最初に出勤して、全員のスケジュールチェックして、花瓶の水替えて皆のゴミ捨てて、上司にいびられながら男漁りですか。尾台さん器用すぎるでしょ」

「なんでそんなこと……知って……」

「大丈夫ですよ、うちの会社には真面目な人がたくさんいます。上からの圧力で表立って声は出せなくても、今の状態は間違ってるって訴える人が何人もいました。あと少しの辛抱です。俺に任せて」

「任せるって何を？」

「ねえ、じゃあ尾台さん」

「はい？」

お腹のところから長い腕が上がってきて、耳をくすぐって頬を撫でてくる。きゅって目を瞑ったら、袴田君の親指が何も塗られていない私の唇をなぞった。

「逆に、なんでそんな噂を流すんだと思いますか」

「えっと……それは……私が……嫌い……だから？」

どんな人にでも嫌われるのは心が痛い。わかってても実際に言葉にするとやっぱり辛くて、口を結んだ。

「もっと簡単な答えでいいです。その人が無知だから、バカだからです。自分の力を知らしめたい、人の関心を集めたい。そんな気持ちのために怒鳴ったり、物を叩いたり、いやがらせをする。頭を使わず、人の気を引ける一番簡単な方法でしょう。子どもでもできます。知恵と能力じゃ人の関心を引けないから、そういう行動に出る。そんな人の愚かさは皆わかってますよ。誠実に人と仕事に向き合う尾台さんと、己の権力誇示のために他人を傷つける人間、どちらが正しいかなんて皆わかってます」

「……袴田君」

「大丈夫、尾台さんは真っ直ぐ前を向いていればいいです」

しばらく見つめ合っちゃった。昨日もだけど、袴田君はなんだか本当に私を知ろうとしてくれてて……だったら、話してもいい、かな……

「袴田君、私ね？」

「はい」

頬を撫でる筋張った手に手を添えて、口を開いた。誰にも言ったことのない、葛西さんへの気持ち。

「実を言うと、葛西さんのことが可哀想だとも思ってるんです。確かに私はいろいろされて辛いけど、幸せな人って、人のこといじめたりしないじゃないですか。強い人って弱い人を守ってくれるでしょ？　だからきっと、葛西さんは家庭とか？　育児とか……わからないけど上手くいってなくて、イライラしてるからこっちに当たるのかなって。本当は弱いから、弱く思われたくなくてああいうことするのかなって……だってこのままだとどんどん孤立して嫌われてしまうのに……。そう考えたら、私より可哀想な人じゃないですか」

袴田君、真剣な顔で聞いてくれるから、ちょっとホッとして続きを話す。

「本当は葛西さんも苦しいんじゃないのかなって……人のことを勝手に可哀想とか言うの、何様のつもりだよって思われちゃうから誰にも言えなかったんですが」

「……ああ、そっか……俺が思っていたより尾台さんは……」

袴田君はなんかそんなようなことぼそっと呟いて、にっこり微笑んできた。

「そんなふうに思わないですよ。うん、尾台さんはやっぱり綺麗な人ですね。普通はいやがらせを受けたら、ムカつく、でおしまいですよ。でも尾台さんはその先を考えてるんですね、そっか……でも」

長い指が髪に潜り込んで後頭部を引き寄せられて、コツンと袴田君の額と額がぶつかる。こんな目と鼻の先にいるのに今は恥ずかしくない。それより続きが気になる。

「でも？」

「でも、幸せのあり方とか本当の人の強さとかを彼女が理解しない限り、苦しみからは逃れられないと思うし。きつい言い方ですけど、俺や尾台さんに彼女をそこまで導く力ってないですよ」

「……それは……そうですね」

無言になっちゃった……えっと、あ!! ヤバイ！ 今気づいたけど葛西さんって思いっきり固有名詞出しちゃったし、気まずいって思ってたらふふって笑われた。

「尾台さんはいつも、制服きっちり着こなして仕事中は髪も結わいて、模範みたいな人ですよね。話は相手の目を見て相槌を打ちながら聞いて途中で口を挟まないし、理解も早い。そして遅刻も無断欠勤もゼロ」

「えっ……あの、はい……いやだって、お金もらってるんだし、きっちり働かないとって……学生の頃は私だって、校則違反くらいしてましたよ？ 遅刻だって何度もあったし」

ここにきて、袴田君はなぜかほめほめ攻撃しながら長い指で髪を梳いてくる。褒められるの慣れてないからやめて欲しいのにドキドキしてくるじゃないか。

でも………えっちしたから私を好きになったんじゃないって言ってたけど、本当に私を見てるんだな。

いやでも待てよ？　今褒められた部分って客観的な私だし、仕事のことに関しては誰かから聞いた話だよね。勤怠管理なんて総務が関わる業務の一つだもんなー。

ってことは知ってて当然なわけで……

「ほら、尾台さん眉間にしわ」

「う」

くいっと長い指で眉の間を擦(こす)られたから目を瞑(つぶ)った。

「きっと『総務だから私の情報を知ってるんだなー』とか考えてたんでしょう」

「え！」

「〝総務〟だから〝従業員〟として〝尾台絵夢〟を知ってるって」

「いえいえいえ、そんなそんなそんな」

「動揺しすぎです」

「してませんよ！」

袴田君、はぁーって長い溜め息ついた。

「尾台さん……うちの会社に従業員どれだけいて、俺がどれほど仕事抱えてると思っているんですか。俺、三神企画の仕事も手伝ってるんですよ。社員全員の勤怠はシステムで管理してチェックしてますけど、さすがにひとりひとりの勤務態度なんて知らないです」

「わかりましたよ私に興味があるんですよね、疑ってすみませんでしたぁ！」

「いいえ、尾台さんのそういうところを一つずつ正していきたいので、積極的に口に出してください。全部覆します」

眼鏡キラッとさせて言う。

「愛で」

「あ、すごいっすね」

もーちょっと私のキャパを超え出したので、感服して胸元で小さな拍手ですよ。パチパチ、袴田君すごーい。

眉間を擦っていた手が唇を弄ってきて、したくなくても上目遣いになってしまう。

「何、他人事みたいにしてるんですか。尾台さんの話ですよ」

「はいわかってますよ。でも袴田君気迫半端ないから」

「好きな人に本気にならなくていつ本気になるんですか」

「ああそっか……って……そっかすすす好きな人!!」

急にお顔近いの無理無理!!　って思って体捩ったらズキンッてした。さっき転んだお尻が痛い。

「ッ……」

「どうしたんですか？　ああ、やっぱり転んだ時どこか痛めたんですか、大丈夫？　見てもいいですか？」

顔を解放されて耳の傍で低い声で言われて、ぞくってきて首が勝手に頷いてしまった。

突然袴田君の膝に座らされて、顔上向かされる。袴田君の顔が視界に入って恥ずかしい。

「で、俺の大好きな尾台さんが痛いのはお尻ですか」

「え⁉　お尻？　ってお尻見るの？」

「あとどこが痛いですか？　痛いところ全部見せて？　腰？　手？　隠さないで全部見せてください」

指先を掠めるようなもどかしい手つきで服の上から体をなぞられるから、体が勝手にゾワゾワッてしてしまって、恥ずかしいから袴田君の手を掴んだ。

「見せたくないですぅ！　もー袴田君ってさっきまで真剣に話してくれたし真面目に見えるのに、全然違うんだからぁ‼」

てい‼　って胸叩いてるのに、こいつ笑ってますけど‼

「ふふ、それってなんなんですか？」

「それ…………って？」

「その、真面目なのにってヤツ」

殴った手を持たれてちゅっちゅってされる。袴田君の唇の感触がムズムズする。

「真面目そうなのに中身はエッチだった、と落胆するってどういう意味ですか？」

「え？」

「そもそも真面目と性欲って相対する関係性じゃないでしょう？　尾台さん言ってたじゃないですか、男性に性欲があるのは間違ってないって。そのとおりですよ、生態系って雄がエロいから成り立ってるんですよ。もちろん雌だってエロいです。俺はスケベに対しても非常に真面目です。俺は真面目です。だからエッチなことも真剣に考えてます。尾台さん言ってたじゃないですか、男性に性

「う？　うん、ん？」

「即ち」

唇にもちゅってされたあと、袴田君は自分の唇を舐めて笑う。

「ドスケベです」

「は？」

「俺って紳士的で、知的で真面目そうでしょ？　見た目どおり女性のことを優先的に考えてますよ。いつも頭フル回転で真面目にドスケベなこと考えてます」

「さようなら」

「逃がしません」

　膝から下りて逃げようとしたら、腕引っ張られて向かい合わせにさせられて、ぎゅって抱き締められた。やだいい匂いするぅう！

「ちょっと待って、無理無理!!　どう考えたって二人っきりでいていい人じゃないです、この総務の人！　間違ってた私が間違ってた」

「違いますよ、男って皆こんなんだって尾台さんに教えたくて言ってるんです」

「はい？」

　ないおっぱいが袴田君の胸で潰れて呼吸おかしくなりそう、顔すっごい近いし！

　あ、袴田君、睫毛(まつげ)長いんだ。灰色の目、綺麗…………ってべつにきゅんとなんてしてないけど！

「尾台さん、ここ最近急に酒癖悪くなって目に余るんですよ」

「う……ぅあぁ、なんで今それ言うんですか」

「家では飲まないのに、外になるとああやって絡み酒して、俺心配です」

「家では飲まないのに？」

　へ？　なんで知って……

「前に尾台さんが教えてくれたんですよ。何、尾台さん。いつもあんな飲み方して、自分で家に帰ってるとでも思ってたんですか」

「え？」

「俺が毎回送ってたに決まってるでしょう」

「ひぃいぃいぃい!!」

「はい逃げない逃げない」

がっちり掴まれちゃったよ、ごごごごめんなさいなのに素直に言えない私どうすればいいの!!

「でも！　だって!!　そんなの誰も言ってなかったからぁ！」

「まぁ大体皆も酔ってて気にしてないのもありますけど、あんなふうに飲むんだから何か悩みごとでもあるのかな、と思って、『俺が送ってることや泥酔してる件は本人に言わないでください』とお願いしてました。もし耳に入って尾台さんが気にして会社来なくなったら、仕事困る人たくさんいますから、皆言わなかったんだと思います。翌日は普段と変わらず出勤してくるので、尾台さんが覚えてないこと、皆気づいてたんでしょうね」

「…………ああ、あの……そう、ですか」

ちょっと脱力してしまって、というかいろいろ処理が追いつかないんですが……え？

私、記憶なくても不思議と家に帰ってたんじゃなくて、袴田君が化粧落としてくれて、ベッドまで運んでくれてたの？

めぐちゃんが、『まあ偉いとこは、あんだけ酔っぱらってもお持ち帰りされないとこだよね』ってにやってしてたのは、そういうことだったの!!

いやちょっと待って。じゃあ大体の人が、飲み会後は毎回袴田君に家まで送ってもらってるって知ってんの⁉

「袴田君袴田君どうしよう」

「ん？　尾台さんはこの事実を知って、何に困ってるんですか」

「え？」

「一、自分の立場。二、特定の人への自分の印象。どういった意味で、尾台さんは今困っていますか」

「い、いち？　だって皆、私は飲んだらグダグダに酔っぱらう奴だと思ってるんですよね」

「それは大丈夫ですよ。笑い上戸（じょうご）の時はいいですが、次の愚痴（ぐち）る段階になったら俺がいつも隣にいましたから。皆は尾台さんのグダグダな姿、見てませんよ」

「私って第二段階あるんですか」

「第三段階、歌う、もありますね、そして先日新たに暴れるという」

「やだやだやめてやめて」

「だからグチグチ言い出したら俺が隣に座ってそのまま家に送るというのが、尾台さんのお決まりのパターンですね。前回は終始にこにこ上機嫌でしたよ。かなりボディータッチがあったので、隣にいたのが俺でよかったなと思いましたが」

「………」

力が抜けきってだらってなったら、袴田君に抱き寄せられた。

「回答は本当に一だけですか？　そんな自分見られたくなかったっていう特定の人はいませんか？」

「ん？」

「俺はいいんです。俺の前でだけ乱れて身を委ねられるなら、俺は合法的に抱きつけて周りも牽制できるし、一石二鳥ですから」

「う、うん」

「でも、もしそんな姿見られたくなかったって人がいるなら……」

唇を親指で擦られてどきってする。眼鏡の奥の灰色が光って、整った眉根が寄った。

「俺、すごいやだ」

鋭い視線に射貫かれる。急に敬語が途切れたから顔を見たら、ちょっと怒ってるような表情で、なんて声をかけたらいいのかわからなくて黙る。

額と額を合わせながら袴田君は続けた。

「俺はね、会社ではあえて尾台さんに近づかないようにしていたんですよ。業務上接点のない俺が理由もなく近づいたら、尾台さん鋭いから勘づいて探りを入れると思ったので。そんなふうに仲良くない俺との飲み会の出来事が露見したら、恥ずかしくて尾台さん飲み会来なくなっちゃうでしょう」

「う？　うん、そうかな……ああ、うん行けなくなるかも」

ってていうか、事実がわかった以上、もう飲み会行かないと思うし。

「でも、こないだ……まあ名指しでないけど、俺に助けを求めてくれてすごく嬉しかったんですよ？　いつもどおりそろそろ愚痴り出すかなって、傍にいたんですけどね」

袴田君はちょっとはにかんで顔を傾けて近づいてくる。そしたらふわって独特のいい香り…………

「あ…………」

「ん？」

「あの、匂い……袴田君の匂いが……なんか嗅いだことあるって思ってたんです」

「ああ、尾台さんいつも俺にすり寄ってきて鼻スンスンしてましたからね」

「ひぅ！」

びくってしたら、袴田君はさらに強く抱き締めてくる。

でもそっか。だから、家の場所も知ってたんだ。……ん？　ん？　ってことはうちの中も見てんの!?　…………え、ええ!!　なんか変なものあったっけ!?

えっと、えっちな本は……ああよかった、全部電子書籍なので部屋に散らばったりはしてない。服ポイポイは実家で卒業したでしょ、だからあんまり散らかってないよね……あとは……

えっと…………ぅわわわ！　コスプレ！　コスプレの段ボール、玄関に置きっぱなしエブリデイ！　どうしよう見たかな、いや、見ないよね勝手に開けたりしないよね!?

「はい、尾台さん眉間にしわー」

「あぅう……だって袴田君……うちの中……」

寄ってしまった眉を長い人差し指でずいって押されて。しわ伸ばせと言われても気になって、ソワソワしてたら袴田君苦笑いしてた。

「大丈夫ですよ。送ったあとも飲み会に戻ったりといろいろ用があって、尾台さんの家の中は見る時間はありません」

「そうなんですか？」

「こないだは週末で俺も疲れていたから、うちに連れて帰っちゃったんです」

「う、うん………」

耳にピンクの唇が近づいてきて、低い声が鼓膜を揺する。

「ベッドですげー甘えてきて可愛かったですよ」

「ヒッ！」

「それに……まあもし尾台さんの家で見たいものがあれば、いつでも見られますからね」

「え？」

袴田君はほっぺすりすり撫でたあと、ワイシャツの胸ポケットに手を入れて、チャリッと何かを取り出した。

「だって、いざとなったらこのスペアキーで尾台さんの家の鍵開けられますから」

「ちょちょちょちょっと‼　待って‼　待って待って‼　それ犯罪事案⁉」

手伸ばしたらヒョイと鍵を上げられる。袴田君は笑った。

「これ、尾台さんがくれたんですよ？　俺が『鍵は外からかけて、ポストに入れたらいいですか』って聞いたら『玄関にドアポストはないし、エントランスのポストは鍵かかるけど取りに行くの面倒臭いから、スペア持って行ってください』って」

「ウ、ウンイッター？（白目）」

「リビングにあるクローゼットの右上一番奥の、通帳やはんこ、年金手帳や生命保険の契約書、住民基本台帳カードやパスポート、家族写真が入ってる大切な風呂敷の中に合鍵が入っていて、そのうちの一つを俺に渡してくれました」

「ウン、ワタシタワタシタ――？（吐血）」

「じゃあ結婚しましょうか」

「このノリで⁉」

まるで酔った勢いみたくなってるし！　え、でもそうなんだ。酔ってる私そんなに袴田君に心許してるんだ。

「尾台さん、少しは思い出してくれました？　俺のこと」

「ああ、えっと……思い出したら、こんなに固まってないと思います」

「そうですか、ちなみに……」

「はひ‼」

「尾台さんの体のことも隅々(すみずみ)まで知ってますからね？」

「なっ‼」

何そのギラギラした目。あ、うんあの、草食動物の目じゃないですね、仕事の時の眼鏡(めがね)しか見えない袴田君どこへ。

とか考えてたら、袴田君私抱き上げて立ち上がったんだけど、えっ何⁉

「よいしょ……っと。ちょっと机冷たいけど我慢してください」

机に座らせられる。あれ、なんでどうして。

「え、何？　何を我慢するんですか」

「さっき言ったでしょ。痛かったところ全部ちゃんと見せて？」

「でも触ってるとこ」

「脚でしょ？　太腿も痛かった？」

「そんなとこ……」

触り方やらしいから机から下りようと思ったら、袴田君は一歩近づいて私の脚の間入ってきて、キスしてくる。

「んん……本当にダメダメ袴田君、こんなの痛いのと関係なッ」

「こうすると痛いの緩和されるでしょ？」

「あっ……待って袴田君ッ……てばぁ」

「んー尾台さんの匂い大好きです、口開けて？」

舌で唇突かれて、体熱くなってくる。少し開いた隙間からにゅるにゅる舌が入ってきて、背筋にゾクッてくる。

袴田君体重かけてくるから、自分の体支えるために、机に腕を突っ張ってなきゃいけないし、両手で顔掴んでくるから動けないし……くちゅくちゅ鳴ってる口、ちょっと気持ちいいし。

「尾台さん」

「う、ん……」

袴田君は口離すと、舌出して近づいてきた。いやなら口閉じればいいのに、私の口はおずおずと開いちゃう。袴田君、にやってしながら舌入れてくるから体が痺れた。口の中いっぱい舐められてかき回されて、頭ふわふわしてくる。

「尾台さん、目閉じて」

「ふっ……ぁん」

「そのほうが口気持ちいいですよ、目合ってたら恥ずかしくて、余計なことばっか考えちゃうでしょ」

「んんっ」

「俺は可愛いから尾台さんずっと見てますけどね」

「イッ……は、か……」

「ほら、舌出してください」

抵抗したらいいのに、穏やかな低い声に命令されて、瞼下りちゃうし舌出しちゃうし。

ああ本当だ。やだ、視覚がないとさっきよりもっとドキドキするし舌敏感になる。

「唇震えてる。大丈夫、怖いことはしません」

「あ、ぁう……袴田君っ」

舌先に温かい液体が垂れてきて、のどに向かって流れてる。それが何かなんて考える前に舌が口の中に入ってきて、またいっぱい絡んでくちゅくちゅ音してる。上顎を舐められて、声我慢できないよ。

「やっぱり尾台さんは感じやすいですね」

「ゃっ……ぁぁ」

「びくびくして、もう体火照ってる」

「だって袴田君、がぁ……キス……」

「べつに悪いことじゃないですよ。ねえ、尾台さん。少し声、抑えてくださいね」

大きな手に髪を横にまとめられて、またキスされる。口の中をぐるっと舐めてた舌がそのまま頬をつつっとなぞってきて、首を舐め上げられた。

背中からゾワッと何かが這い上がってきて腕ぷるぷるする。袴田君の唇が音立てながら首を吸ってきた。口も目もきゅって結んで、いろんなのシャットアウトしてるはずなのに、余計に首感じちゃってる。袴田君の息、耳にかかってるよ……

「ああごめんなさい。尾台さんの手、突っ張ってんのキツいですよね」

「手、とかじゃ……なくてぇ」

「俺の腕寄りかかって。首は辛いんじゃなくて気持ちいいだから、間違えないでくださいね」

　腰支えられて、とりあえず袴田君のワイシャツぎゅって掴んだ。体ビクビクしてんの止めたいのに、今度はさっきとは反対側の首もちゅっちゅしてきて、お腹じわってなる。また耳に息がかかって……

「んんっ!!」

「耳も大好きですよね、たくさん舐めてあげます」

「ああっ!!　ぃあっ！」

「尾台さんダメ、声我慢してください」

「でもっ……」

「そんな声、俺以外に聞かせないで」

　直接耳の奥で言われて、きゅぅって下唇噛んで耐えてみるけど、息と一緒に耳の中に舌入ってきてピチャピチャされて、無理……無理っ。

　背中反っちゃうくらいぞくぞくして、もっともっとされたくなる、何これ。

　髪を撫でていた袴田君の手が、いつの間にか体を這い回ってる。触られた場所が勝手にくねって……こんなの知らない。

「相変わらず、おねだりの仕方が可愛いです」

「してないしてなっ……ぃからぁ、んん」

耳から口が離れてまた口にキスされて、舌絡ませられながら、温かい手が服の上から胸を擦ってくる。

「んんっん‼　んぅ！」

「尾台さんドキドキすごいですね。まだ時間あるから、もう少し食べさせて」

食べるってなんだ！　って聞く前に袴田君の顔が近づいてきて、またキスされるってわかって恥ずかしいのに、少し顔に角度をつけちゃう私はどうしたんだろう。

ちゅって唇吸われたら勝手に口が開いて、袴田君の舌を待ってしまうし。

厚い舌に口の中満たされて、袴田君はどんな顔してるのか見たくて目開けたら、目を細めて笑っていた。

「キス好きですか？　俺はすごい好きです」

「ん……ぅ」

「ずっとしてたい」

口全部食べられて、やめて欲しいのに、ワイシャツから伝わる袴田君のドキドキの音にきゅんてしちゃって、ちょっと自分のほうに引っ張ってしまった。

「何この手、超可愛い」

「袴田君」

ワイシャツ掴んでる手握られて、いっぱいちゅうされる。口の奥から全部かき出すみたいに舐めてくるのが激しいキスなのかは知らないけど、こんなの初めてな私には応えられなくて、口端からどんどん唾液漏れてる。

角度を変えて何度も乱されて、顎（あご）の下のとこまで唾液が垂れると、袴田君がそれを舐め上げて口に戻してきて、またキスが始まって頭おかしくなっちゃう。ていうか体、力入んなくなってる。

「待って、待……いっぱいしない、で」

「支えてるから大丈夫ですよ」

重なった唇で顔を押されて、ゆっくり机に体を倒される。冷たさなんて感じないくらい私の体は熱くなっていた。

眼鏡（めがね）を直した袴田君と見つめあっちゃって、胸、ぎゅううってなる痛い苦しい怖い。

「ね、真ん中のとこ、ぎゅうってする、やだ」

胸元握ってたら、そこを長い人差し指がトントンってしてきた。

「それ、好きって感情ですよ？　俺と一緒」

「袴田君、なんか……あのわかんないけど……やだ私」

「ふふ、あんな気持ちよさそうにしてたのに、そんな唇噛まないで？　俺、暴食はしませんから」

「でも、こんなのどうしたら、いいのか……」

「いつもと一緒。俺に任せて、尾台さんは気持ちよくなってればいいです」

キスされるけど、そのいつもの私とは⁉

考える間もなく袴田君の癖毛が目に触れてくすぐったくなって、気づいたらまた深いキスしてる。

頭くらくらする………これがいつもどおりなのかな。わかんないけど、胸の奥すっごく、焦がれてくる。

与えられるまま袴田君の舌を必死に追いかけてたら、ブラウスのボタンがいつの間にか外れてて、骨張った手がそこを左右に開いていた。

「あ、ヤッ」

「綺麗な肌、俺の尾台さん」

「んんッ……！」

袴田君の唇が、私の顎に首に鎖骨に下がって、少し盛り上がった胸に触れる。恥ずかしくって隠したら、おっきい手にそれをはぎ取られて、小さな谷間を嗅がれる。

「いやッ！　私胸ないからぁ、だめ」

「大きさの問題じゃないですよ、尾台さんの胸だから俺は愛しいんです」

ブラ下げられて自慢できるような大きさじゃない膨らみがちょっと揺れて……

「あ、あ……やだってばぁ」

「尾台さんの胸好き。食べたい」

胸に食いつかれてぞわわわっと鳥肌が立って、袴田君の手を握り込んだ。

「んんんん!!」

あ、やだ、こんなところで胸舐めるの……初めてなのに。

ぬめった舌に、何度も先を舐め上げられてるところ見せられる。ダメダメって顔振ってるのに、袴田君、視線合わせたまま舐めるのやめてくれないし。

声出そう。でも気づかれて人が来たら……こんなとこ見られるわけにいかないから必死に耐えるしかなくて。

「どうしたの尾台さん、目うるうる……舐めるだけじゃ物足りないですか?」

大きく口開けるから、それは絶対無理って袴田君の手掴んで自分の口塞いだ。

「んんんんーーーーーーー!!」

胸の先っぽ全部口に含まれて、舐め回されて吸われて、背中びりびりする。

「尖ってる感触すげーイイ。尾台さんの乳首こっちと全然形違いますね」

舐められてないほう指で摘まれる。優しく舐められてぬるぬるに光ったそこは、自分の胸じゃないみたいだった。

ああやだ、一人でする時乳首なんて弄んないし、そんなふうになるのなんて知らない。

「真っ赤で綺麗なのは乳首だけじゃないですから」

「んん⁉」

「こっちも」

乳首をきゅっとつねったあと、大きい手がすりすり体を撫で回しながら内腿を触ってきたから、慌てて口を塞(ふさ)いでた手をはぎ取った。

「ダメったら！」

「こういう時の黒いストッキングってすげーそそるけど、破けたら困るから脱ぎましょうね」

「あ、待っていけないよ、袴田君」

抵抗しようとするけど、指舐められて震えちゃって力入らなくて、ストッキング脱がされて。

「タイトスカート、ヒップラインが綺麗で尾台さんが一番よく似合ってます。他の男も見てるのは癪(しゃく)ですけど」

「袴田君、もうやめよ？　こんなのダメ」

「わかりました」

って言ったのに、脚開かされて顔を股に近づけられる。

「いいですよ、やめても」

「だったら……」

「ここが濡れてなかったらやめます。でも、濡れてたら尾台さんだって仕事するの辛いでしょ？　されたくて濡らしたのに、何もされずに終わるなんて」

「なっ……そんな、の……だって勝手に……」

袴田君の親指が下着のラインをなぞる。感じたことない刺激に口わなわなしちゃって。

「尾台さんが二十分前行動なんて可愛いことするからですよ」

「えっ」

「おかげで時間たっぷりありますから、たくさん可愛がってあげるね」

「そんな、つもりなく……て」

裏腿に舌這わされて噛まれて、お腹ジクジクする。

「ねぇ、じゃあどうしてあんな時間に階段にいたんですか」

袴田君がそう言うと、下着の境目をなぞっていた指がいきなり溝を抉った。

「あっ!!　イっ……！」

「会いたかったんだよね？　俺に。こないだの続きしたかったの？」

「んん」

下着の上から溝を上下に擦られて、ダメなのにお腹反応しちゃって、必死に口を両手で塞いで首を横に振った。

「ここ、すごく熱くなってる。もう少し強めの言葉欲しいですか」

「やぁ……やだぁ待っ……袴田君もう」

「ねぇ、尾台さんのこっちも勃ってる」

爪の先で敏感な場所をカリカリされて、心臓おかしくなりそう。

「ふっ、んんんっ！」

「じゃあここ濡れてるか確認しますね」

「待って……袴田君！」

「ダメ」

下着を横にずらされて、恥ずかしくって目をぎゅって閉じる。無言になって怖い！

やだやだやだ！

「ちょっと！　やだぁ‼　本当に！　袴っ………あんっ！」

「ああ尾台さん、ちなみに濡れてますよ」

くちゅって袴田君の指が濡れた場所をなぞって、その指を親指とぬるぬる擦(こす)り合わせるところ見せられる。

「知らない！　袴田君ちょっと……こんなとこで、ダメだってば」

「大丈夫、最後まではしないです。ああ、ゴムがないからじゃないですよ、俺は妊娠大歓迎なんで。初めから避妊するつもりないので全部中出しセックスです」

「出さないで！」

「お断りです！　だから先に結婚しましょうって言ってますよね。抱くとなったら俺本気になっちゃって、尾台さんが再起不能になるまで止まらないからここでしないんです」

袴田君はにこってして眼鏡直すと、顔を股に埋めた。

「大好き尾台さん。いっぱい舐めさせてください」

「あっ……んん！　ぃっや……袴、だ……くっ」

「尾台さんの味、すごい濃い」

「ああ!!」

初めての快感に体が壊れそうだった。熱くなってた場所を広げられて、舌でねっとり舐め上げられる。

ゾクゾクすごくて腰が勝手に揺れて、やだこんなとこでって、しちゃいけないって思うのに気持ちよくって。

「ねぇ尾台さん、こんな濡れてても尾台さんのここ、すごい狭いですよ」

「ふっ……んん」

「ほら、俺の舌押し返してきゅうきゅう締まってる、痛い？」

長い舌が出入りして、中で動いてて。

「あ、やっやっ……それ、変っ……！」

「尾台さんはまだ中より、こっちが好きですよね」

「んんっ‼　袴田くっ……！」

「クリトリス、舐めて欲しくてピクピクしてる。ここも真っ赤で可愛い」

舌で弾かれて揺らされて口の中でねぶられて……やだ無理！

袴田君の口からちゅぱちゅぱ音してるの、いっぱい吸ってくる。こんなの耐えられない。

袴田君は動きを止めないで、意地悪な声で言う。

「どんどん硬く、大きくなってる。尾台さんぬるぬる止まらないですね」

「あっああ、やっら……！　ゾクゾク……あんっ！」

「もう、イッちゃいそう？　脚ガクガクしてます」

「ダッメ……袴田くっ！　だめだめぇらめぇ‼」

脚固定されて閉じられなくて、もう私もイキたいってなってて、股に埋められた癖毛をぎゅって掴む。

吸われて激しく舌で弄られて、腰から全身に電気が走った。目の前真っ白になって、息苦しい。袴田君と目が合ったら、にやってされた。

「ごめんなさい尾台さん。もっと濡らしちゃった」

「うぁあ……ばかぁ！　袴田、くんのぉ……ばぁか」

「そんな真っ赤なトロ顔で罵倒されても可愛いだけなんですけど」

袴田君は口を手の甲で拭いながら顔近づけてくる。避けようと思ったけど全然力入んなくてキスされる。袴田君から私の匂いがした。

「口までとろとろにして、そんなに気持ちよかったですか」

「知らな、いです……あっち行って嫌い」

「尾台さんのツンツン大好き」

「ばかぁ！」

「経験値ゼロで語彙力乏しいところも大好き」

「んんむ‼」

キスしながら袴田君は、シャツの右手の真っ黒なカフスボタンを外して少し腕まくりした。それでまた内腿撫でてくる。

「大好きで可愛いんですけど、声抑えるの忘れてますよね」

「らって……」

「甘い声漏れまくりで最高なんですけど、聞かれたら困るから、次は俺が塞いであげます」

「な、に……次？」

「だって今ので中、疼いちゃったでしょ？」

笑いながら袴田君は太くて長い中指舐めててすごい色っぽい。……あ、あのそっか、ソレ入れるってこと？　下着いつの間にか脱がされてるし。そんなのダメってわかってるのに……

「ほら舐めてください尾台さん」

「んん……」

口の中に指入ってきて、べろいっぱい擦られるからまた体震えてくる。上顎とか歯とか歯茎とか全部擦られて、くちゅくちゅ鳴ってる。こんなことでなんでびくびくしちゃうの。舌の奥のほうまで引っかかれて吐きそうになってるのに、袴田君笑って見てる怖い！

「尾台さん、何されるか想像してまた濡らしてるでしょ」

「んぅう……」

至近距離で灰色の目が光る。

「真面目なくせにエッチですね」

袴田君がにやってした。指入れられたまま反対の手で顎掴まれて口開かされて、すごく激しいキスされる。口の中全部舐められて吸われて息もできない。

「ああんんん‼　んんッ……ふぁ」

「ふふ、本当どうしたらいいんだろ、こんな可愛い人。今すぐ食べたいです」

「食べちゃダメッ」

「じゃあ尾台さんが俺のこと食べてくださいね」

「んん？」

「こっちのぐしょぐしょの口、俺の指食べたいでしょう」

「あ、待って！　や、や!!」

「さっきイッてる時、穴パクパクさせて欲しい欲しいってしてましたよ？」

「知らない！　してな……んんんあん!!」

恥ずかしいこといっぱい言われてヒクヒクしてた場所に中指が当てられて、体ビクンッてなる。

「ねえここ、さっきたくさん舐められて、すごい満足そうに大きくさせてたね」

クリトリス捏ねられて、腰勝手に動く。

「ひっ……ぁあぁやあ」

「もう一回ここでイキたい？　体はされたそうですけど」

「も、いい!!　いいからぁ！」

「でも期待してまた膨らんできてますよね？」

弄られながらまたキスされて、ほっぺたのほうに唇が滑って耳まできた。低い声で袴田君が囁く。

「ねぇ、どうされるのが好きですか」

「ああ、そんな……の」

「えっちな漫画たくさん読んで、一人でするの大好きなんでしょ？　いつもここ、どうしてるんですか」

「やだぁ、やだぁ……」

「ガクガクしちゃって……こうやってなぞられるのが好きなんですか？　皮きつそうなくらい大きくなってる」

「袴田く……手、やめッ」

「やめて欲しい人こんなに勃起しないでしょ？　コリコリされて喜んでるじゃないですか。真面目そうなのにスケベで、会社でこんな濡らして節操ないね」

「んんッ‼　だ……めッ」

袴田君いっぱい擦りながら、耳舐めてくるし、思考止まりそうなくらいの快感で体の震え止まんない。

「……尾台さん、ちょっと強引にされるの好きですよね？」

「手、手！　やめっ……て、また」

「こうやってしちゃいけない場所で押し倒されて、ダメなのに気持ちよくなっちゃって、ぐちょぐちょになったとこ舐められて、いやいやしながらここ弄られてイカされる漫画大好きでしょ？」

　やらしいこと言われて悔しくて、首左右に振っていやいやしてみるけど、擦られてる場所が何か噴き出しそうなくらい熱くてもう限界で。

「ダメってしながら結局気持ちよくてイッちゃう尾台さん大好き。ほらもう一回イッて。体がおねだりしてるとこ見せてください」

　きゅうってクリトリス潰されて熱が崩壊して……

「いッ……あッ!!　んんんん!!」

　またイカされて、堪えられない声を袴田君が塞いでくれた。勝手に体が痙攣して下半身ビクンビクンしてたら、空いたほうの大きな手がお腹を撫でてくる。

「んんッ!!　ん、ん」

　さっきまでクリトリス摘まんでた指で穴の周り撫でられたあと、つぷって入れられて、ぞわぞわ毛穴が開いてく。

「ねえ尾台さん中むずむずするでしょう」

「は……か、ぁんんああ、待っ」

「少し触るだけだから怖くないよ。俺の指押し返さないで。お腹の力抜いてください」

「できな……わからないよ」

「大きく息吸って」

「うん」

言われたとおりにしてみると、ぐって押し入れられた感じした。

「ほら、少し許してくれた」

「指……こっちく、る」

「尾台さん気持ちよくするために入れてるんですよ。中でイカせてあげたいです。キスしましょう」

ちゅって袴田君の唇が唇に触れる。

「んんん……袴田くぅ……ん」

「上目遣いやめてください。挿れちゃいけないんだからそういうのダメ、尾台さん」

もうわけわかんなくて、袴田君の首に手回した。キスしてもらってたら、指ゆっくりもっと入ってくる。

「指ッ……指い、あああ」

「指一本でこんな甘えてくるの？　……動かしていいですか」

「わかんな……ぃ」

「まだ全部入ってないですよ。奥まで擦（こす）ってあげる」

「あああ……ぞぞぞってくるからぁ」

「ねえ。尾台さんの中、俺のこと好き好きって絡みついてきますよ。温かくてすげー吸いついてくる」

悶えるくらい背筋にゾクゾクきて、もちろんこんなの知らなくて。

「あ、あ……何こ、れ……」

「少し動かします」

「んん!! ぞくぞくだめぇ」

指引き抜かれてすぐ押し込まれる。動くたび鳥肌止まんない。

「奥触るといい声出るね。ゆっくり尾台さんの好きなとこ、もっと探していきましょうね」

「ああ、なっ……」

今度は中入ったまま、指でグリグリされた。壁押されるたびに爪先まで痺れる。

「ほら見て。入れてるほうの俺の手のひら。尾台さんの泡立った汁ついてる」

「んッ……だって袴田君がぁ……」

「そう、俺がいっぱい気持ちよくさせちゃったからこんなになってるんですよ」

長い指が這い回っていろんな場所探ってくるから、急にゾワッて……

「ヒッ! そこやぁッ」

「ああやっぱりここか。イクまでたくさん抉ってあげるから」

冷静に言われるけどそんなのわかんなくて、袴田君の首にぎゅうって縋る。

擦（こす）られるたびお腹の奥疼（うず）いて、腰のほうまでぞぞってなんか這ってくる。もう頭の中気持ちいいしか考えらんなくて、ぼーっとしてくる。ふわふわしながら袴田君のほう見たらにこってされた。

「本気の汁いっぱい出ちゃって……声我慢しても、こんなクチュクチュいってたらバレちゃいますね」

「やぁ……そんな」

「ただでさえ狭いのに、エッチなこと言われてもっと締めつけてきてる」

「いや……やらぁ」

耳舐められながら言われる。首を横に振るけど、お尻のほうからイキたいってなんか駆け上がってきて、唇を強く噛んだ。私、明らかに興奮しちゃってる……

「尾台さんの中、すっごいきゅんきゅんしてますよ。本当だったら、精子欲しい欲しいって俺のにおねだりしてたの？」

「んんんぁ……違っ……」

「違わないでしょ？　本当は俺の咥（くわ）えてお腹にあっついのかけて欲しいって、体で扱（しご）いてきてたでしょ？」

「ヤッ、やぁんん」

「口ではいやがっても、こっちはこんなに指に媚（こ）びて吸いついて、俺が大好きって素直に言ってますけどね」

「あぁッ!!　袴田く……！」

「なんですか」

指の動きが速くなって、もうイッちゃう。声なんか我慢できない。だから塞いで欲しいって、気づいたらおねだりしてた。

「き、す」

「ん？」

「キス、して？　袴田君……きもちーの、イッ、ちゃうの……もら、め」

「尾台さん……」

自分から大きく口開けた。早くキスしたい。イキたいしキスしたい。イキたい、イキたい。

袴田君の唇触れた瞬間、自分から隙間に舌差し込んだ。舌舐め取ってもらって、たくさん袴田君の唾呑む。

ぷちゅぷちゅ卑猥な音響かせながら中から熱いの込み上げてきて、呼吸が止まる。もう耐えきれずに果てた。

いっぱいいっぱいぎゅうってして、袴田君と激しいキスする。大きい舌が優しく応えてくれて、声も熱も息も全部吸い取ってくれる。何これすごい、痙攣止まんない。

袴田君は、まだ指中に入れたまま、反対の手で体支えてくれる。

「すごい咥え方。こんなふうに搾り取られたら、一発で妊娠しちゃいますね」

「んん……」

「大丈夫ですか？　指抜くから息吐いて」

「あ、あ……や」

「そんな名残惜しそうに締めつけなくても、またしてあげます」

ぬるって指が抜かれる。まだ頭真っ白で息絶え絶え。袴田君は抜いた指舐めてて、恥ずかしいからやめて欲しいのになんにも言えない。袴田君はぎゅうってしてた私の腕を優しく解いて、両膝掴んで太腿にキスしてくる。

「あ、何？　袴田くッ……」

赤い舌に内腿を舐め上げられて、イッたばっかりのはずなのに、またお腹がキュンッてした。

「だって、ここビショビショですよ。全部舐め取ってあげないと。尾台さんまだ仕事残ってるでしょ？」

「でも……待って今イッ……」

「奥まで真っ赤で綺麗な形で、やらしい匂いさせてだらしなく濡らしてるここ、いっぱい舐めて綺麗にしてあげるから」

ありえない至近距離で中見られて恥ずかしいのに、力入らなくて抵抗できない……いや、もう視線にもやらしい言葉にもゾクゾクきてて、快感を与えてくれる舌に期待してる。私は自分の口を手で覆(おお)った。

結局袴田君は、あのあとまたイカせてきた。

総務の草食眼鏡(めがね)君とは一体なんだったのか。……私はあの飲み会の日も、こんなにされたんだろうか。

意識が飛びそうになったところで袴田君は止めてくれたけど、これ主食が肉の人だと思うの！　いや、肉でもないな!!

「袴田君は何？　鬼かなんかなの!?」

「いえ、総務の人です」

「それでまとめないで！　他の総務の人に謝りなよ、皆こんなことしてないでしょ！」

「だって尾台さんが好きすぎて」

「だってじゃないの！　こんなのされて、袴田君の好きゲージ減っちゃったんだからね！」

「はははは袴田君の好きゲージ!?」

「嘘嘘！　ないない!!　ないです！　そんなゲージ！」

袴田君は机に腰かける私に服着せながら、あっちこっちキスしてくる。何事か！

くすっと鼻から抜ける笑い声が聞こえたあと、袴田君は静かに言った。

「それで……尾台さんが話したかったことはなんですか」

「え？」

「朝、尾台さん緊張はしていたけど、急ぎじゃないって言ってたから。コピー機とかパソコンとか空調の不具合とか？　ちょっとした用事で話しかけてきたんだと思ってました。社員が仕事を円滑に進めることができるよう、会社の環境を整えるのが総務の仕事ですからね」

「ああ……」

そうだ。私が袴田君に声かけたのが、事の発端だった。

うん、ちょっと冷房寒いって要望を伝えたかっただけなんだけど。だけど……

「どうしました、尾台さん唇噛んでる」

「んん」

親指でふにふにやられて、袴田君を見上げる。

「もっとイキたかったです？」

「違います‼」

「ふふ、じゃあなんですか」

軽くちゅってされる。賢者タイムきて、ここでしてたことに罪悪感が沸々とわき上がってきてるんだよ……！

「もうもう!!　会社でこんな不届きなことして信じられないぃぃ!!」

袴田君の胸叩きまくったら、拳取られた。袴田君、眼鏡直して頷く。

「記録よりも、記憶に残る男、袴田」

「知りませんよそんなの。人の脳内に変な記憶刻まないでください」

「まあまあまあ、いつも無理して正しくあろうとする尾台さんに、少し他の世界も見てもらいたくて」

「ん？　なんの話ですか急に」

袴田君は掴んだ私の拳にちゅってして、首を傾けた。

「尾台さんは正しいことをするあまり、苦しくなっているでしょう？　それって正しいですか」

「え？」

「家に重病の子どもがいて、心配で堪らない中で泣きながらするゴミ拾いって、正しい行いですか。尾台さんは清くて正しくて美しい人だけれど、自分を犠牲にしすぎです」

「犠牲に……なんて」

胸にずきっときて……

袴田君の唇が手首や爪先に触れて、またゾクゾクしてきた。湿った息がかけられて、袴田君が色っぽく見える。

「正しい行いっていうのは、人を笑顔にさせることですよ。泣きそうな顔で苦しみながら正しい行いってできますか。まずは本人が笑顔で人生送っていないと、周りだって笑えませんよね」

見透かされたような口調にムッとした。

「私はいつだって頑張って笑ってますよ！」

「知ってます。無理して笑ってることくらいわかってます。だから頑張るベクトルを正しましょう。大丈夫、俺が尾台さんの笑顔を必ず取り戻してあげるから」

「袴田君……」

手首の太い血管のところにキスされる。あの……ちょっと本当に、ないけど、袴田君好きゲージが、あの……えっと……

灰色の目を細めて、袴田君は言う。

「ね？　俺に全部委ねて。辛くなったらいつでも俺のところに来てください。褒めたり慰めたり、欲しい言葉たくさんかけてあげますから」

「いや、それはべつにしなくていいですけど。辛かったら閉じ籠りますから。尾台全世界をシャットアウト」

「その対処法はクソだと昨日言いましたよね」

「クソとは言われてませんね。何その言い方、ちょームカつく！」

「ごめんなさい、もう一回抱っこしてもいいですか」

「させません、もうそろそろ行きますよ！」

袴田君が抱きついてくるの、えいって押し返す。最後の最後でちょっとムッときましたよ！　机から下りてドアに手伸ばしたら、袴田君に背後から聞かれる。

「ああ、で、結局俺になんの用だったんですか」

「へ？　ああ、そうだった。えっと……ってわぁあ！」

後ろ向きながらドアノブ捻(ひね)ったら、いきなり向こうから引っ張られて体が傾(かたむ)く。ああ転ぶって思った時、淡いグレーのスーツとグリーンのネクタイつけた人が体を抱き留めてくれた。

「おっと……大丈夫？」

聞き覚えのある爽やかな声に、顔を見ずともその人がわかった。

「すみません、桐生さん」

「いいよいいよ。ちょうど尾台を探してたんだ～。久瀬さんに聞いてもどこかわからないって首傾げるし。そしたらホワイトボードにここにいるって書いてあったから」

「はい……って、ちょっ！」

いきなり後ろに体を攫（さら）われて、背中が袴田君の胸にぶつかる。

「尾台さん怪我してないですか」

桐生さんは私と袴田君の顔を交互に見た。

「へえ、袴田君とミーティング？　なんの？」

「ええっと……」

「社内環境に対しての要望ですよ。いろいろ事情もあるので、詳しくはお答えできません」

私の代わりに袴田君が答えると、桐生さんは「ふぅん、なるほど」って軽く頷いた。

「あの、桐生さん。なんで私を探してたんですか。何か急な仕事でも？」

「そうそう。明日、僕急用が入って取引先直行したいから、見積書、今欲しくてさ～」

「はい、わかりました。すぐに用意します」

「わりーねー尾台」

大丈夫ですと頷いたら、桐生さんはにっと笑った。前髪を上げた茶髪のショートウルフカットに髪と同じ茶色の大きな目。相変わらず軽い口調と見た目の、営業部のエース。フットワークの軽さと人懐っこさで誰にでも好かれて、常に営業成績トップをキープしてるんだよね。三十歳の若さでこれだけ優秀でしかも独身。モテないわけがない。

元ラグビー部だという桐生さんの大きな体は、どこにいても目を引く。

あ、でも、袴田君のほうが少しだけ背が高いんだ。なんてふと思った。

桐生さんは私から視線を上げると目を細める。

「ねぇ、袴田君知ってる～？　営業事務さんは大体この時間、僕たち営業が帰ってくるから翌日の打ち合わせなんかをしてるんだよ～？　僕の他にも尾台捜してるヤツいるから、時間かかるなら先に言ってくんないと困っちゃうよ～」

「そうですね申し訳……」

「あっ！　あの！　私があの、お話があるって袴田君に言ったんです！　だから私が悪いので……」

袴田君が淡々と謝ろうとするからなんか罪悪感すごくて、思わず遮った。

「ええ？　尾台が？　ふ～ん？　ま、いーけど」

桐生さんは「じゃあ、帰る時間までによろしくね」と私の肩を叩いて背を向けた。

ふぅー焦ったぁ。って深呼吸したら、後ろからぎゅっと抱き寄せられた。

「尾台さん、余計なこと言わなくていいです。格好悪いから庇ったりしないでください。俺、男ですよ」

「え？　ああ……べつに庇ったつもりなかったんだけど……本当に私が話しかけたんだし」

「……この時間ミーティングしてるのも、もちろん知ってます。尾台さんがそれに合わせて、夕方までに受注管理業務を済ませてるのも知ってます。ごめんなさい。俺もこんな時間取らせちゃうと思わなかったから」

「わかったわかったから、もういいですよ！」

もう行こうって腕ポンポンしたら、「こっち向いて」って言われて、向いてないのに覗き込まれてキスされた。

「ここ廊下！　袴田君！」

ダメって自分の口を手で覆ったら、濡れた唇が耳に迫ってきて、吐息交じりで言ってくる。

「ありがとう尾台さん。本当に好き大好き、好きですよ好き好き大好き」

「もううるさい！　袴……」

「袴田君〜？　袴田君どこ〜？　袴田君‼」

私の言葉を遮るように、どこかから袴田君を呼ぶ声がした。

「はいここです」

後ろの人は眼鏡直すと、「ではまた」と一瞬で真面目な総務の人の顔になって、立ち去っていった。

五階に上って自席に戻って、ふぅぅぅ〜………って溜め息つく。

尾台絵夢、初めて会社で不埒を働きましたよ！

思わず机に伏せた。か、帰りたい……！

そしたら、隣の席のめぐちゃんが、くるってこっち向いてくる。

「あらあら、えっちゃんおかえりんこ」

「はぁ……ただいま」

「どしたのー？　元気ないじゃん。あれー、なんかあった？」

「なんか？　ううん……な、なんか……ね」

「っていうか、言った？　冷房のこと」

「あ、言ってない」

「いいかげん言えよ」

すみません。

少しキーボードを叩いてみたけど、集中力戻ってこない。ちょっと気合いを入れようと給湯室に紅茶を淹れに行ったら……まさかの葛西さんがいた。うわわわわ……

「あら尾台さん、今日は本当に暇なのね。また離席してわざわざ三階の部屋まで行って、あなた何を企んでるの？」

「企み……？　そんな私は」

「じゃあ何？　総務の男といちゃつくために、わざわざ部屋まで取ったって言うの？」

「えっと……」

腕を組んで睨まれるけど、いい答えが見つからない。実際いかがわしいことしちゃってたし。

「ねえ尾台さん。あなたがここまで仕事できるようになったのは、誰のお陰だかわかってるの？　三流以下の学歴に使えない資格。物覚えの悪い頭に、癇に障る声。どこで働いても厄介者のあなたがどうしてここで働いていけるかって、私がいるからでしょう」

「………」

葛西さんはイライラしてるといつもこう。でも私にできるのは唇を噛むことだけだ。

「何黙ってるの？　あなたに仕事を教えたの誰だった？」

「葛西さんです」

「じゃあ、あなたがこうやって仕事をしてられるのは誰のお陰なの？」

「………葛西さん、です」

小さく答えたら、葛西さんシンクに拳を振り下ろした。小さな部屋にドンッて響いて、反射的に目を瞑る。わかっててもこういうのはちょっと怖くて、泣きそうになる。

「どうしてそんな簡単な答えもすぐに出てこないのよ！　代わりなんていくらでもいる人間を使ってやってるのに」

「………すみません……」

苦しい……と思う。でもそれと同時に、葛西さんだって辛いんだから、耐えなきゃって思う。

「わかってるでしょう、会社で一番偉いのは営業なの！　その営業で一番長くこの会社にいて偉いのは私でしょ。社長とだって同期なのよ！　それなのに皆総務総務って……書類の不備だパワハラだ？　お金も作れない部署が大きな顔して忠告してくるなんて、不愉快ったらないわ！」

葛西さんは私のカップを手に取るとシンクに投げつける。猫の柄のお気に入りのカップが乾いた音を立てて割れた。

「ああ！」

ちょっとこれはひどいってシンクを覗き込む。葛西さんはまだイライラが収まらないようで、溜め息をつきながらこっちを見た。

「ああごめんなさい。悪気はないのよ、本当よ？　仕事ができない部下に一杯お茶でも淹れてあげようと思ったけれど、手が滑っちゃったのよ。ねえ尾台さん、私には悪気はなかったわよね？」

「………はい」

静かに頷いたら、葛西さんは「割れたのがカップでよかったわね」と笑って給湯室から出ていった。

古い換気扇の回る音が響いて、私だって溜め息が出た。泣かない、泣かない……って思っても、猫の尻尾の形をしたカップの持ち手が割れてて……指が震える。

ふと、この我慢はなんのためなのかなって思った。ああ……そうだ、他の人が泣かないためか。

きっとこんなこと、私じゃないと耐えられないでしょ？　小学生の時、お誕生日にお姉ちゃんからもらったカップ割られても我慢するなんて、他の人には無理でしょ？

唇ぎゅって噛んで欠片に指を伸ばしたら。

「手、怪我しますよ」

後ろから長い腕が伸びてきて、代わりに破片を拾ってくれた。

「袴田君……」

袴田君はシンクに散らばったカップの欠片を、広げたハンカチの上にどんどん載せていく。

「尾台さん……」

「はい」

「辛かったら頼っていいんですよ」

「…………うん」

「苦しかったら、助けてって言っていいんですよ」

「はい」

ちょっと、もう我慢できそうになくて、ぽろっと涙が零（こぼ）れた。

「大人になったら全部自分で抱え込まなきゃいけないなんて、誰が決めたんですか。大人になったら涙を我慢しなきゃいけないって、誰が決めたんですか。大人になったって、頭を撫でられて慰めてもらっていいんですよ」

最後の欠片（かけら）をカチャンとハンカチに置くと、袴田君は優しく頭に手を載せてくれた。温かい手に緊張の糸が切れて、どんどん涙溢（あふ）れてくる。顔を上げると袴田君の唇が涙を拭（ぬぐ）ってくれた。

「袴田君……」

「はい」

「辛いです……立ってるのも」

「うん、俺に縋（すが）っていいよ」

長い指先が髪に潜（もぐ）り込んできて額に唇を寄せられる。苦しい気持ちがじわじわ溶け出して……自分から袴田君に手を伸ばした。

「本当は……助けて……欲しいです」

抱きついたら強く抱き返してくれて、心臓の音が体に響いてくる。

「よく言えました」

と袴田君は言ってくれて、眼鏡（めがね）を直してからキスしてくれた。

袴田君、袴田君……袴田君のことあんま知らないのに、今はこんなに落ち着く……

大きく息を吸ったらいい匂いがして、私は葛西さんのことで初めて人前で泣いた。

私が化粧を直している間に、袴田君が来客用のカップに紅茶を作ってくれてた。席に戻っていつもよりゆっくり飲む。

葛西さんはもう帰ってて、さようならの挨拶代わりに残業確定量のファイルがデスクに置かれていた。それでも前よりは苦しくないのは袴田君のお陰かな。

髪を結わいて、集中集中。めぐちゃんも帰っちゃったし一人で頑張っていたら、頭にポンッと手が載せられた。あ、桐生さんだ。

「尾台、頼んだやつどう?」

「はい、見積書できてます。あと、この製品の資料ですが既存のものはデータが古かったので、新しいものに差し替えておきました。帰る前に一度目を通してください」

「うんうん、尾台はお仕事できるね～。僕、データ見直してって言おうと思ってたんだ」

「そうですか。一応私のできる範囲で終わっているので、早急に見直しをお願いします。定時を過ぎてしまったので」

もしかしたら私が早く帰りたいって思ったのかもしれないけど、こっちも一応桐生さんに気を使ったんだ。明日朝早いってさっき話してたのを耳に挟んだから。書類を受け取った桐生さんは、白い歯を見せて笑った。

「はいはい今見ますよ！」

桐生さんは見積書と資料に目を通すと大きく頷く。

「うん、バッチリ。ありがとね尾台、これからも期待してるよ〜」

そう言ってポンポン私の肩を叩いて退社していった。

誰にでも軽い口調で話してボディータッチの多い桐生さん。女子社員は皆狙ってるし、芸能人みたいな感覚で見てるのは私も楽しいんだけど、チャラチャラした感じだから、実際に接するのは正直苦手。ちょっと溜め息が出た。

そのあと、人が疎らになったオフィスで葛西さんが置いてったファイルの整理したり、ちょっと気持ちが落ちるクレーム対応なんかをしてたりしたら、あっという間に時間が過ぎていた。

私の案件ではなかったんだけど久々に電話口で怒られて、テンション下がっちゃった……明日いつもより早く来ることにして、今日はもう帰ろうかな。

カップを洗いに席を立ったついでに総務部チラ見しに行ったら……ままっまままああまつま。

まさかの袴田君………まだいた!!

仕事してる袴田君………ちょっと観察しちゃう。

気にしたことなかったけど、書類を見る袴田君の横顔があの………う、美しいんですけど。

いやでも、そっか。草食イケメンとかめぐちゃんに言われてたし、眼鏡と前髪で顔隠れてるだけで顔の造りは綺麗なんだよね。だから見つめられるとううう！　ってなるのか。

黒縁のスクエア型の眼鏡のブリッジの下を通る高い鼻、薄いピンク色の唇。スマートな顎に………二重の目は切れ長だけど穏やかで、睫毛は……レンズに触れそうなくらい長い。

隣の人に書類見せて笑ってる。長い指でフレーム掴んで眼鏡直してて、ちょっとヤダ………胸ぎゅってするじゃん！　神様これ何!?　体むずむずするぅ！

「ん？」

って袴田君がこっち向いてふと目が合ってしまって、ビクッてしてしまった。神様たしゅけて。

「尾台さん残業ですか」

「あ、あの……はい、でももう帰るところです」

「お疲れ様です」

「お疲れ様です」

そしたら袴田君にこっちおいでってされて、体が勝手にふらふら行っちゃうよ……あんまり人いなくてよかった。

「ごめんなさい、俺のせいで仕事押しちゃいましたよね」

「いえいえ、そんなことないです。帰り際にちょこっと仕事が増えちゃって」

袴田君は引き出しから何か取り出すと、私の手を取って載せてきた。

「のど飴。尾台さんの可愛い声がちょっと掠(かす)れてる気がします」

「え？　そうですか」

のどに手当てて、「あ、あ」ってしてみたけど、そうかな。

「さっきクレーム処理してたでしょ。はい食べてください」

「なんで知ってるんですか。あ、蜂蜜(はちみつ)味」

「表情でわかりますよ。心折れないで偉い偉い。そうこれ、熊本県(くまもとけん)にある養蜂場(ようほうじょう)の特選蜂蜜(はちみつ)のど飴なんですよ」

「とっても美味しいです」

「気に入ってもらえてよかったです」

「ありがとうございます」

「ああ尾台さん。そういえばさっき会った、桐生さん……」

「はい？」

唐突に出てきた名前に首傾げたら、袴田君は眼鏡を直して笑顔のまま続けた。

「いい方ですよね。営業成績もさることながら責任感も正義感も強くて、優しくてヒーローみたいな人で」

「ふぅん……そうですか？」

「前に俺たちが残業をしていたら、ある方が『お金稼いでない部署がなんで残業してるの』って言ってきまして」

「あー！　あれはムカつきましたよね！　あいつらがなんでも総務総務って押しつけてくるからこっちは毎日手いっぱいなのに！」

袴田君の左隣に座ってる新井さんが悔しそうに机を叩く。それ見て袴田君は話を続けた。

「そうしたら、たまたま通りかかった桐生さんが、その人を叱ってくれましてね。『総務がいなかったら会社は成り立ってない』って説明してくれて、とても救われましたよ」

袴田君の右側に座る沖田さんは、うんうんと頷きながら言う。

「格好良かったですよねー、あの時の桐生さん」

「へぇ…………」

飴コロコロしながら話聞いたけど……

おしまい？　これ何の話？　首を傾げたら袴田君はにっこり笑った。なんというか、嘘くさい笑い方。

「男にも女にも優しくて、その上仕事もできて顔もよくて、天は二物を与えるもんですね」

「そうですか……」

棘があるような声色に疑問の視線を送っていたら、突然手をグイッて引っ張られて、袴田君の顔と急接近だ。

「なっ」

「でも尾台さんは俺のものだから、あんまり無暗に体触らせるのやめてくださいね？」

それで頬にちゅってして、にやってする。

「遅くまで頑張ったご褒美」

「⁉　ななな何してくれちゃってるんですか‼」

「『いい子だね』のほっぺにチュですよ。もっといりますか」

「い、いらないですよ‼　それじゃあ私帰りますね」

「はい、お疲れ様です」

「お先に失礼します」

えいって袴田君突き放して急いで立ち去った。

び、び、び、びっくりしたぁああ‼　信じられない！　両隣に部下がいる前で‼

ジンジンする頬、手で押さえながらボーッとして、一人で帰宅。

今日は遅いし疲れてたから、お夕飯は冷凍しておいた炊き込みご飯のおにぎりとルイボスティーで済ませた。

というかいろいろありすぎてあまりお腹が減ってなかった。お風呂に入って明日の準備も済ませて早々にベッドにごろん。ちょっと今日までのこと思い出してみる。

目が覚めたら裸だった。隣に男の人がいた。名は袴田雄太という。

同じ会社の人だった。怖くなって逃げ帰った。

私の初めてはまったく記憶のないうちに終わるというお粗末なものだった。

週が明けて会社に行ったら袴田君に結婚を迫られた。とりあえず拒否しておいた。

でもその日、酔った私を迎えにきてくれた。

お家でお話ししたら、けっこーいい人だった。

私のことが好きって言うのもマジだった。

でも、真面目で穏やかな口調に騙されていた。袴田君は思った以上にグイグイくる肉食系だった。

それでなんやかんやあって会社でエッチなことしてしまった。

しかもあの……初めて人の前で泣いてしまった……。

「だぁああー!!」

クッション抱き締めて右に左に体を捩る。悶々とする!! この胸のもやもやなんですか!!

ぎゅっとクッションを抱いて、布団に頭を潜り込ませた。ちょっとズキズキくるこの感情の名前を知りたい。わかれば対処できるのに。

胸の中にあるんじゃ窮屈で口から出てきてしまいそうなのに、出てこなくて苦しい、何コレ。

そしてこの数日間の私、とんでも展開になってないか!

どうしたっていうの! 来週死ぬの!? イベントは半年に一つで充分です!!

と、とりあえず、気持ち落ち着かせるためにTL漫画読むか。

……………………

……………………

え、待って? 待って待って? なんやこれ、ほんまにエロいんか。内容全然頭に入ってこないやんか。

待って! なんで、どうして胸キュンキュンしないの!!

こんな可愛い子が泣きそうな顔であんあんってしてるシーンだよ⁉ 彼氏めっちゃイケメンだし、周りに人がいる保健室で先生同士で「ほら声我慢しなきゃダメだろ？」って最高のシチュエーションなのに、能面みたいな顔で携帯見てる私何者⁉　舞でもするか、興じちゃう⁉

あああ！

だって今日の袴田君にされたいろいろ思い出したら、もじょもじょするんだもん。やだぁ！

袴田君の長い指、あれ私の中に入ってたんだよね。見ちゃったもん、中指潜り込んでいくの。

ぞくぞくぞくさせながら入ってきて、やらぁってなるとこ擦ってきた。やらしい音してたし、顔に袴田君の息いっぱいかかって、なんか全部いい匂いで頭の芯まで痺れてた。胸の奥からいっぱいいろんなの溢れそうで、すっごいキスした。

自分じゃ指入れたって、うんよくわからん！　で終わりだったのに、袴田君の指は……あの……えっと……その、あれ。

うん……すんごい気持ちよかった（語彙崩壊）。

……ちょっとヤダヤダ!!　何考えてるんですか!!　私の頭の中袴田君に支配されてる！

怖い！　怖すぎる!!　胸もじもじ苦しい助けて！

頭ぶんぶん振ってみる。あ、そういえばうちの鍵……

部屋を借りた時、大家さんから鍵を三つもらった。一つは何かあった時用って実家のお母さんに預けてる。

もう一つは私が持ってて……

起き上がって、クローゼットの一番上の奥にある風呂敷引っ張り出してみる。開けてみたら、まあ袴田君が言ってたとおりのモノが入ってて……ああマジですよ、もう一つの鍵、なくなってる。アレ本当にうちの鍵なんだ。

っていうか、家族写真の中にこっそり袴田写真交ぜなくていーからぁ!!　しかも格好良いですコレ、ぎゅッ……って何やってんだ私!!

数枚ある家族写真を手に、少し昔を思い出した。うちは六人家族。父母姉と甥っ子、私、そして犬のロミオ。

お姉ちゃんとは十歳離れてて、両親とお姉ちゃんはすごく私を可愛がってくれた。そんな甘ったれた環境で育った私に変化が訪れたのは、幼稚園の時だ。

お姉ちゃんは中学生で、まだ人の気持ちや社会や人間のルールを理解していない年だった。

そんな時期に訪れたお姉ちゃんの反抗期はとっても怖かった。一年くらいかな、家の空気はずっと重苦しくて居たたまれなかったの、覚えている。私は常にそわそわしてた。いつ両親と姉がケンカを始めるんだろうって怖かった。怒鳴り合ったり、時には手が出たり、私もあんなふうになったらどうしようって、自然と感情を隠すのを覚えた。姉の影響で、私はこんな臆病になったのかもしれない。人のせいにしてるわけじゃないよ。でも家庭環境って人格形成に少なからずかかわってるでしょ？

だからコスプレにもはまっていったのかもしれない。自分を殺してた分、私じゃない誰かになれる時間って、すごく尊くて楽しかった。

きっかけはね、高校の文化祭でやったコスプレ喫茶店。着ていたチャイナ服を褒められたんだ。

それが当時流行ってたアニメのキャラクターに似てるって言われて、なんとなく次の日そのキャラクターに似せたメイクと髪形にしてみたら、なんとお客さんが写真を撮ってくれたの。

異世界に行った気分だった。そんなの現実の私じゃありえなかったから。それからどんどんコスプレにのめり込んでいった。高校生からこないだまで、割と長い期間、私はコスプレとともに歩んできたんだよね。

はじめは「キモーッ」って言ってたお姉ちゃんだったけど、私が見よう見まねで服作ってたら「私がやってあげる」って言い出して、こだわるようになった。

お父さんは漫画好きだったし、お母さんは写真撮るの好きだったしで、私を介して家族が一つになってる感じがしてやめられなかったな。甥っ子も「絵夢ちゃん可愛い」って言ってくれてたし、ロミオに猫役やってもらったりした。

お姉ちゃんが小さい頃好きで、今も続編が放送されてる魔法少女のアニメ、私も両親も好きだった。いろんなコスプレしたけど、大きなイベントがある時はやっぱりこれって思ってた。

でも……やっぱりもう、魔法少女は厳しいよね。そんな私は消え去って、今は箱の中。

はあ、昔より今だよね!! ていうか、まだ袴田君に冷房のこと言えてない！ よし、明日こそ冷房言うぞ！

おやすみ！（超快眠体質）

……と胸に決めていたものの、朝イチ袴田君は不在だった。ホワイトボードには渋谷(しぶや)って書かれてる。

渋谷って……親会社の三神企画か。就活生の時、会社説明会に行ったきりだな。書類で落ちたし。

国道沿いにあるおっきーおしゃれなビル。お昼とか、あんなビルから社員証首にぶら下げて出てくるの爽快だろうな。

なんて、私は御茶ノ水のちょっと古いこのビルのほうが、居心地よかったりするけどね。

ってべつに、袴田君いなくてしゅんとなんてしてないんだからね！

席戻って髪結わいて、始業前にメールチェックしないと‼

それで、今日もギリギリで来ためぐちゃんとちょっとおしゃべり。めぐちゃんとはいろいろ話すけど、仕事が始まると時々敬語になるのがちょっと面白かったりする。

いつもどおりの午前中をこなして昼休み、ご飯も食べ終わったしちょっとお化粧直ししよーおってトイレ向かって歩いてたら。

ひゃぁあああ‼

視界で眼鏡(めがね)がキラッて光った。お胸がどきゅんって鳴る、怖いぃい‼!

ひゃきゃまだきゅん！　ってなんだよこの呼び方‼

袴田君が出勤してきましたよ‼‼

目が合ったら、袴田君はすぐに目細めた。

「尾台さん、おはようございます（にっこり）」

「何しに来たのッ‼」

「仕事です」

「あっちに行って！」

「って言いながら抱っこして欲しそうな顔してる尾台さん、どうしたらいいの」

「してないですぅ！」

「ごめんなさい、朝いなくて寂しかった？　今日は三神企画でインターンシップ説明会と合同企業説明会のミーティングがあったんです」

「はいはいそうですか、そんな重要会議にも出ちゃってすごいですね」

「何、尾台さん。ご機嫌悪いですね」

「べつに」

顔はプイって横向けとくけど、ちょっと手は出しとく。そしたら袴田君がぎゅってしてくれた。

「尾台さん。これはちょっと可愛いとかそういうの通り越して、俺昇天しちゃうんですけど」

「仕事してください」

「はい、わかりました。あ、人が来ます」

袴田君がそう言うから手離して普通の対人距離まで離れた。この胸の疼きはなんですか!!　自分が悔しい!!

「う、うわぁ……どうしよう私チョロすぎませんか。袴田君見ただけなのに、こんな意味わかんない気持ち!!　ムカつく!!　いいかげんにしてください二度と触らないで!!」

「中学生童貞男子並みですね」

「おかしいな！　べつに袴田君のことまったく好きじゃないんだけどな！」

「待ってたんですか？　俺のこと」

「は？　い…………いいえ、待ってないです！」

そう言ったら、袴田君眼鏡キラッてさせて見つめてくる。

「ねぇ、尾台さん。俺が出勤してくるの待ってたんでしょう？　朝ホワイトボード見て、『なんだぁ袴田君いないんだぁ』ってしょんぼりしました？」

「ひっ！」

「ふふふ、どれくらい待ってたんですか」

「もう、待ってないって言ってるでしょ！」

「そうだ、尾台さん。携帯電話見せてください」

「ん？　携帯？」

手出されて、よくわかんないけどはいって見せる。

「からの、貸してください」

「あっ！　何」

袴田君は携帯を取ると、パパッと操作してすぐ返してくれた。で、自分の携帯をジャケットの内ポケットから出してくる。

「それ、俺の番号なんで」

「へ？」

「メッセージアプリの友達にも登録しておいたので」

にっこり笑顔がめちゃ怖いんですけど！

「ちょっと！　袴田君、何勝手なことしてるんですか！」

「だって尾台さん、離れてる間、俺で頭いっぱいで辛かったでしょ？」

「む」

何、なんなの？　監視カメラでもつけられてるの！

「これでいつでも連絡できますね。ではまた」

袴田君はするりと私のお腹を撫でてすれ違っていった。

わわわわわ！　トイレトイレトイレトイレ!!　小走りで駆け込んでバシャバシャ顔洗ってみる！

ついに袴田君の番号、ゲットしてしまった。

嬉しいの？　嬉しいのかこれは!?　頭の中袴田君で埋まるのが好きってことなの？

そうだっけ、好きってこんな感情だっけ。んんん？

鏡でじーっと自分の顔見た。

あのさ、すんごいことに気づいたんだけど。

袴田君ってなんで私が好きなの？

だって、袴田君って二年前にこっち来てから私と全然接点なかったし。記憶にあるのは総務の法務担当（袴田君の隣の新井さん）に契約書見せに行ったけど不在で、「俺が預かります」って袴田君に言われる、みたいなやりとりが何回かあった程度だ。

まああと、私は知らないけど飲み会あると送ってくれてたみたいだけど……。

え？　どこで私を好きになったの？

私、顔普通だし胸に至ってはないし、友達少なめだし幸薄(さち)いし、つまらない女だし……貯金もあんまないよ？　いいのか？　いや、よくないな！　あまりおすすめできる物件ではないのでやめたほうがいいですよ、って言ってこないと！

や、ヤバイ……！

人に好かれた経験なんてほとんどないから、どうすればいいかわかんない！

家族が好いてくれるのはわかりますよ！　彼らは無条件で私を愛してくれますからね（年一で家族旅行に行ってる幸せ）。

でも他人が私を愛してるなんて、そんなことってありうるのか……？

しかし、鏡の中の私は何も答えてくれないのである。

ま、いっか。考えてもわかんないし、あとで会ったらそれも聞いてみよう。

席戻って仕事して、あっという間に終業時刻になっちゃった……うん、やっぱりそうですよね。

私たちって理由がない限り、まったく会う機会がないんですけど!!

でもなんか私ばっか気にするのも、奴が眼鏡の下でほくそ笑んでる気がしてムカつくからやめとく! さっさと家帰ろ!

真っ直ぐ帰宅しちゃってちょっと落ち込む。清々しいほどの予定のなさよ………!

ベッドで携帯弄って、新たに登録された袴田雄太を眺めていた。

メッセージかぁ……初めてのメッセージ……

私から送るのかな、袴田君から来るのかな。いや、私から送るなんて恥ずかしすぎるから無理無理。

念力、念力じゃ……何か一言くらい送ってきてもいいよ。べつに待ってないけど、スタンプくらい送ったっていーんだよ……っていうか登録したらすぐくれると思ったのにバカ! まぁ来たって嬉しくないけど! って携帯両手に握ってたら……

ぅわわわわわ!!

計ったようなタイミングで携帯震えたからマジビビって手離しちゃって、携帯顔に落ちてきた痛い。痛いけど! なんて! なんて書いてある?

……ふぁ、スタンプだ。

【お疲れ様です】って眼鏡が言ってるスタンプが来た……あ、やっぱり袴田君、眼鏡が本体なんだ。

袴田君ならぬ眼鏡君……………ぽっ。

いや、ぽってなんだよ！　えーっとえーっと！　なんて返そう、なんて返そう！

……って考えて結局一時間後。

お疲れ様ですって一言返した（白目）。だって面白いこと思いつかなかったんだもん！

そしたら、また袴田君からスタンプ来た！　眼鏡君が【おやすみなさい】って言ってる‼　帽子かぶって布団入っちゃってる！

え、嘘、寝ちゃうの？　袴田君もう寝ちゃうの？　まだ十一時じゃん！　尾台さんとお話ししたくないの⁉

いやでも話すことないしな……好きな食べ物とか？　このタイミングで聞く？　高校の時の部活とか？　いや、普通におやすみなさいって返したらいいのかな。

でもせっかく連絡できるようになったのに……

い、いいや！　とりあえず好きな食べ……あ、またスタンプ来た。

【好きです】

眼鏡君が赤面しながら言ってる、悶える息止まる‼

一時間後。結局私は……

「おやすみなさい」

はい、それしか返せませんでした。

つまりは、人はすぐに変われないということだ。

微妙に自分が変化しているのはわかるけど、袴田君のことを考えると胸がもだもだするのを、恋だとか好きだとかに変換するには、まだ経験値が足りない。

好きになったあとは恋人になって、さらには結婚してって考えると、どうも好きになることへのハードルが上がっちゃう。

だって袴田君、結婚結婚言ってくるから……結婚ってどんなことだかわかってるのかなあの眼鏡は！

お前のせいで素直になれないんだからな！　袴田!!

第三章　私のための袴田君

袴田君は仕事忙しくなったみたいで、同じ会社のしかも同じ階にいるのに、なかなか顔を合わさなくなった。私からも声かけづらいし、そうなると私たちの距離感はあれから変わらない。

　しかもここ最近、葛西さんはイライラしてて当たりが強いし、無駄に溜め息出る。

「私も寒くて溜め息出そうよ。えっちゃんがもうずっと、袴田君に冷房のこと言ってくれないから」

「もうわかってるよーめぐちゃん。頑張って言うから！」

「何を頑張るわけ？　っていうか今まで仕事中は見向きもしなかったスマホ最近はやけに見ちゃったりなんかして、袴田君の連絡先でも聞いたの？　だったら言えよ！」

「いやです！　これはプライベートなものなんです！」

「プライベートのもの仕事中に見ないでください」

「ぐ、じょ、上司に口答えとか」

「うわ、そういうの盾にしちゃうんだ、最低幻滅（げんめつ）失望」

「うーそうーそ!!」

　そしたら、誰かの声が聞こえてきた。

「袴田君〜ちょっと袴田君来て！　こっちこっちこっち!!」

　普段と変わらず袴田君はあっちこっちで呼ばれてる。今回は割と近くで呼ばれていたから、ちょっと背筋伸ばして見ちゃう。

「はい、どうしました？」

　なんだよ朝からその言葉攻め!!

……じゃなかったじゃなかった。全然攻めてなかった、どうした私の頭の中！

袴田君はいつもの柔らかな物腰で何か書類脇に抱えて、呼ばれたほうに行って……

髪の毛くしゃってかき上げてこっち向く。

ヒッ！　目合った……にこってされたからとっさに顔隠しちゃう！

「尾台？」

「ひゃい！」

ぽんっと肩を叩かれて、思わず変な声出ちゃう。不意打ちひどい！

ちょっと、涙目になって見上げたら、うん桐生さん。

「え？　どしたの？　具合悪い？」

「へ？　全然、全然‼　元気ですよ健康です。ちょっと考えごとしてただけです、何か用ですか」

「ああっと……こないだ僕のとこのクレームを尾台が対応してくれたでしょ？　あれ、向こうの勘違いでさ。事務さんにキツく当たっちゃったって連絡きたんよ。ごめんな」

「ああ……ああ、べつに大丈夫ですよ。なんとなくそうじゃないかなって思ってましたから」

「そっか」

「はい」

私が答えたら、桐生さんなんかソワソワしてまた口開く。

「ええっと……あとは業務フローの」

「はい、改善提案書ですね。できてます」

「おおさすが、さんきゅ」

「いえ、仕事なので」

なるべく目合わせないように、書類渡した。これで用は終わったかな。ふっと感情を殺した営業用の笑みを返した。

でも、いつもなら「じゃあまた」って席を離れる桐生さんが、そのまま立ってて首傾げる。

「まだ何か？」

「ああ……なんか……珍しいね？　尾台が仕事中に考えごととか」

「え？」

な、なんの話？　って思ったら、隣からめぐちゃんが私の肩に腕回してぎゅーっと引き寄せてきた。

「そりゃだってえっちゃん、ただいま恋する乙女ですから！　ね？　えったん☆」

「こ、恋するって……‼　やめてよもう！　そんなんじゃないからぁ！」

「恋する……乙女……？」

桐生さんなんか言ってるけど当たってるめぐちゃんの巨乳気になってそれどころじゃない。けしからん！　取り替えてください!!　めぐちゃんにやにやしてるし。

「で？　で？　で？　聞くの忘れちゃったけど、ファーストキスはどんな味だったの？」

「へ？」

「やっぱレモン？　いちご？　へへへへへへもうえっちゃん超かわいー」

「やめてください！　今仕事中ですよ久瀬さん!!」

「何なに〜？　仕事中に好きな人のこと考えてた尾台さんがよく言いますよね〜」

やめて!!　ってしてたら、いつの間にか桐生さんはいなくなってた。

それにしても……、私のファーストキス……!!

そういう話になったら高校生の時（相手は十歳下の甥）って誤魔化(ごまか)してたな。

そっか、私のファーストキス………袴田君としたファーストキス……

「ああああああああああああああああ！」

「うるさいな！　えっちゃんやめて!!　悪魔でも呼び出すの!?」

「ごめん、なんでもない」

首をブンブン振ってお仕事モードに切り替えた。……けど、やっぱり考えちゃう。

でも『私たちのファーストキスってどんな味でしたっけ』って聞いても、袴田君は『ふふふふふ』って眼鏡(めがね)カチャカチャするだけだろうし、聞かないんだからね。

っつか聞けるほど話す機会がないし!!　わざわざメッセージで聞くのも変だしさ!!

だって結局、メッセージでも挨拶しかしてない!!　袴田君からは毎日好きって来るけど。

朝起きて「おはようございます」って眼鏡君からメッセージ来てるの、すごい胸キュンキュンする。

ほんとはもっと前から起きてるのに、あえてちょっと時間おいてから返しちゃう、あの行動何!?

やだ!　やだ!!　頭の中袴田君でいっぱいになってる、実家帰ろうかな。

袴田君忙しいみたいで話しかけてこないし、私からも話しかけられない（冷房のことも言えないっていう）そんな日々が何週間も続いて、なんかもう倒れそう、でも尾台元気。

とか思ったら、袴田君と廊下ですれ違ってしまった。ふわぁああ!!

「お疲れ様です」って言われたのに、なんかもう袴田君光って見えるし、口の中もじょもじょして話せない。目逸らして書類ぎゅうって胸に抱えながら下向いて去ったら、呼び止められてしまった。

「尾台さん」って久々に呼ばれたのに「はい」も言えない。

書類抱える腕にさらに力入る。革靴の音が近づいてちょっと引っ張られた。それだけで体が勝手に袴田君に身を任せてた。

頭にちゅってされて泣きそう泣きそう!! べつに袴田君なんて好きじゃないのにぃ!!

「触らないでください!!」

「もう。尾台さんのその可愛いのどうにかしてくださいよ」

「な、に……」

「『構ってくんなきゃもう知らないんだから!!』って目逸らすのやめてください。ここ会社なのに」

「してません!」

「明日明後日の土日、休みなので、会えないかって連絡しようと思ってたんですけど、尾台さんにはちょっとマテが長すぎました?」

「自意識過剰!!」

「そうですか? 俺はいつも尾台さんのこと考えてますよ?」

片腕で抱き寄せられてちょっと見上げたら、眼鏡の下の目にこってしたぁ!!

「嫌い! 嫌い!!」

「はいはい俺は大好き。でもここ廊下だから声絞りましょうか」

やめてくれ私の鼻‼　勝手に袴田君をスンスンしないでくれ！　欲求を遮断したいのに袴田君の匂い入ってくる、酔っちゃう。

「あ、昼ぺろってした」

袴田君に言われて、かぁーって顔熱くなる。

「してないですぅ！」

口ごしごし拭く！　そんなバカな‼

「尾台さん。こっちの通路、人来ないけどどうします？」

「行かない‼」

って言うけど袴田君の腕ぎゅうって掴んだまんまだから、隅っこ連れていかれちゃう。

「どーせ袴田君なんて私のことなんて気にしてなかったくせにぃ！」

「何それ、どうしてそうなるんですか。俺は尾台さんを気にかけてましたよ？」

「じゃあどれくらい⁉」

「左折時の後方確認くらい」

「結構注意払ってるじゃないですか‼」

「巻き込み厳禁です！」

ってよくわかんないし、もうばかぁ！　て言ったら袴田君はふふって笑って、背中を壁に預けた。

「ほら、尾台さんが壁ドンしていいですよ」

「え？　し、しないし！」

「なら俺、呼び出されてるから行っちゃいますけど、いいですか」

「あぅ」

行かないでって言っちゃいそうになったけど、いやいやなんで⁉って思ったから口きゅって結ぶ。

「唇噛んじゃダメ。キスがいいですか？　抱っこ？」

「むむむ……」

ちょっと手広げられて、体吸い込まれてく。袴田君の腕に包まれる。あ、あ、あ、あ……

やめればよかった、呼吸できない。

「袴田君……」

ちょっと見上げたら額にキスされて、胸がじんって痛くなった。袴田君、ちょっと首傾げてる。

「なんですか」

「あの……」

「はい」

「キ、キスの……味……教えて？」

ちょっと泣きそうだった。だって久しぶりの袴田君。自分に嘘、つけなかった。

袴田君は一瞬目を見開いたあと、歯をギリギリって擦り合わせて眉をひそめた。

「どうして今それ言うんですか」

「え？」

「俺だってすげー我慢してるのに」

袴田君は私の頬に手を添えると、顔に角度をつけてキスをした。

ああ、これ袴田君のキスだって私から口を開けたら、すぐ舌入ってくる。

口の中ぬるぬるされるの気持ちよくって私も顎動かして、いっぱい袴田君と絡め合った。

ぞわぞわって両腕に鳥肌立って体痺れる。声出てる気がするけどそんなの知らない、袴田君の手温かいのすごく感じる。ちょっと瞼開けたら、切れ長の目が私を見下ろしててゾクゾクした。

「うん……」

もっと深く唇を擦り合わされて、体から熱が湧いてくる。

袴田君は顔を離すと、私の唇を親指で拭った。

「美味しかったですか？」

「あぅ」

「すぐに目溶けちゃうんですね、可愛い。でもこれ以上はここじゃできないですから、続きは休みの日にしましょう、ね？」

「袴田君……」

頭撫でられて目瞑(つぶ)っちゃって、胸爆発しそうです。

袴田君は舌なめずりして「やっぱりもう一度」と軽く唇を重ねたあとで言う。

「今日で尾台さんの苦しい日々も終わりますからね」

そして総務の人はその場を離れていった……………た、倒れる……神様タスケテ。

自席に戻ったけど口の中に袴田君の余韻が残ってて、唇震えてしまう。呆然としちゃう……ん？　あれ？　そういえば、『私の苦しい日々も終わり』ってなんだ？　って考えてたら、それは突然やってきた。

もうすぐ終業という時刻。

私はいつものように、葛西さんがやるはずだった事務処理を急に振られて、残業覚悟で仕事を片づけていた。

当の葛西さんは不在。総務との個人面談が入ってるってさっき聞いた。

個人面談ってこんな時期に？　辞令出るタイミングでもないのにって思いながらもパソコンに向かっていたら、フロア全体に響き渡る怒声とともに、ミーティングルームのドアが開いた。

もちろん皆そっちを見るし、私も釘づけになる。声でわかってたけど、やっぱり出てきたのは葛西さんだった。

「どうして私が異動しないといけないのよ‼」

振動が伝わってくるくらい大きな足音を響かせながら自席に戻ってきた葛西さんは、机に置かれたものを乱暴に床に落とした。昔はよくこういうヒステリーを起こしていたけど、久々だ。

「今までどれだけ私が！　私が‼」

何度も机に拳が振り下ろされて、そのたび怖くて瞼を閉じた。ダンッと一際大きく机を叩いたあと、葛西さんはブルブルと震えながら私のほうを見る。

「全部あなたのせいよ、尾台さんッ‼」

私が葛西さんに何かした記憶はない。でも怒気を露わにした口調に、真っ赤な顔。目尻は激しく吊り上がっていて歯ぎしりが聞こえる。その姿を前にしただけで私は……

「…………すみません」

と言ってしまった。隣の席でめぐちゃんが動こうとしてるのを後ろ手に止める。

葛西さんはまた机を拳で殴ったあとに、私のほうに体を向けた。

「そうよ！　あなたがあいつらになんか言ったんでしょ⁉　くだらない部署が幅利かし

て、横領だ、窃盗だ？　身に覚えのない罪着せられて、してもいないのにパワハラとか言われて……こっちは散々迷惑してるのよ！　それが今度は人事異動だなんて、もう我慢できないわッ!!」

「葛西さん私は何も……」

「いつもそうやって猫かぶっていい顔して、目障りなのよ！　あなたがこの会社を出て行きなさいよ！」

　そう言うと同時に、葛西さんが机にあった花瓶を手に取った。私は当然怯む。でも止められるわけでもないし、振り上げられた花瓶を見てきゅっと目を瞑ったら。

「葛西さん、暴力は立派な犯罪ですよ。こんなたくさんの人の前で、異動ではなく解雇を言い渡されたいですか。異動に関して意見があるなら俺に言ってください。冷静に考えて、尾台さんが辞めたところで、あなたの左遷が取り消されるわけないでしょう」

　パシャ、と水がかけられる音がしたけど、私は濡れてない……目の前に広がるのは……袴田君の背中で。

　足元に飛び散った水を総務の沖田さんが「大丈夫ですか」と拭いてくれた。葛西さんは震えた声で言う。

「あなた、今左遷って……!!」

「言いましたよ、その通りでしょう。栄転だとでも思ってるんですか？　葛西さんはここれからもここで大きな顔していたいんでしょうけれど、そんなの俺がさせません。ここまで不正を働いて再三注意したにもかかわらず無視し、パワハラを続け、器物損壊までして。ここまで譲歩してるのに、それすらも気に入らないのであれば……」

袴田君が右手を出すと、半歩後ろにいた新井さんが書類を渡す。袴田君はそれを葛西さんの前に突きつけた。

「あなたを告発します。逃げられませんよ、証拠も証人もいる。ねえ葛西さん。あなたは罪のない部下に八つ当たりできる立場ではないんですよ。俺に告発されたくないなら、早く顛末書を誠意をもって提出し、ここを去ってください」

「あなた、こんなことして、社長の許可を得てるんでしょうね!?」

「得てません」

袴田君は髪をかき上げると、手についた水滴を払って淡々と言う。

「得る必要なんてありませんね。その社長より、俺のほうが立場が上ですから」

葛西さんは、「そんなでたらめ!!」と袴田君を睨みつけて乱暴に鞄を掴むと、そのままオフィスを出ていった。

けたたましい足音が去って、オフィスはシンッと静まり返る。私は葛西さんがいなくなったほうを見つめたままだった。突然、後ろからポンッと頭に手が載せられる。

「お疲れ様、えったん……」

めぐちゃんの声。お疲れ……それがどんな意味だか理解する前に、胸が痛いくらいに締めつけられる。袴田君がこっちを振り返った。

「お待たせしてすみませんでした」

「え」

静かに花瓶を置いた手が私に伸びてきて、頬をスリスリって親指で擦(さす)られる。くすぐったい。

「俺は尾台さんを助けに、ここに来ました」

「私を……助けに……」

「そう。もう大丈夫です。もう少しであの人はこの会社からいなくなります」

優しい瞳に笑いかけられて、締めつけられていた胸が緩む。袴田君の手に自分の手を重ねたら、今までの何かが熱い滴(しずく)になって零(こぼ)れ落ちた。

これが辛かった、あれが苦しかった、なんてない。そんなのもうわからないところまできていた。「私は大丈夫」なんて意地を張っていた。でも、本当は誰かに助けて欲しかったんだ。

袴田君の手の温かさを感じながらいっぱい泣いた。

それから、袴田君は「まだやることがある」って頭をポンポンしてくれたあと仕事に戻って、他の皆が私の残っている仕事代わってくれたから、今日は帰ることにした。

帰宅して、お風呂に入ってブクブクする。そっか、これから葛西さんへの恐怖がなくなるのかって安心したと同時に、葛西さん……これからどうするんだろうとか考えて……

いや、いやいや、考えたって仕方ないか！　それにしても袴田君……『私を助けにここに来た』ってすっごいパワーワードなんですけど……

キュンどころじゃないよ、だって私のためだなんて……そんな言葉言われたことないし、それに本当に助けてくれたし。

振り返った時の濡れたスーツに髪に……真っ直ぐ私を射貫く瞳に……すみません、これ好きになってないですか。

よく漫画に出てくるトゥンク、みたいな、そんな胸の高鳴り……やだ高鳴ってないですか！

う、う、う……恥ずかしいのに会いたいよ、袴田君。

袴田君袴田君………

ヤバイ!!　また洗脳されている！

何かに集中せねば。このままでは四六時中袴田君のこと考えちゃう！

とりあえず早々に寝て翌日。土曜日だけどヨガに行って、これ以上にないくらい集中!!　ってやってたら。まさかの超難しい鶴のポーズ、バカアーサナをばっちりキメていた（無の境地）。

インストラクターさんから、「どうしたの尾台さん、無理しないで！」って言われたけど全然平気だった。

帰りに買い物に行って、いつもなら安くなってる品物見ながら、なんとなーく一週間使い回せる献立考えるのに……

なんでどうして!?　カップルや夫婦に目がいっちゃう！

ヨガ帰りのスウェット姿の女なんて、この世に私一人では!?　そっかカップルはスーパー行くのにもちゃんとした服を着るのね？（当たり前）

……っていうか袴田君、「休みの日に会いましょう」って言ったくせに、連絡来ないじゃんバカ！　あんな、私のために総務来たみたいに言ってたけど、そんなに気にならないんだね!!

え？　私から連絡しろって？　しないし！　だってべつに袴田君好きじゃないし！

イライラしながら特売だから巨峰選んでたら、お尻のポケットがヴヴヴって……

ひょわ!!　袴田君キタ!!　急いで画面のロック解除したら。

あん……

眼鏡君が【何してますか？】ってちょっと傾いてる。

こんなんでにやけちゃって……クッソ！　ちょっと息が詰まりそうになってるじゃん。携帯胸に抱いちゃう。ヤバイさっききキメたヨガのポーズが今頃体にきてる……手プルプルする。

なんかもーいーやって適当に食材買って帰宅した。だってあのままスーパーいたら、にやにや携帯見て商品買わない女がいる事件が発生しますから！

肉と卵と牛乳だけはとりあえず冷蔵庫に突っ込んで、ベッドにゴーです。

ドキドキしながらメッセージ画面開いて、うむ、なんて返そうか、いやここは素直にいこう。

「お買い物してました」

って送ったらすぐに返ってきて。

【何買ったんですか】

「安かった野菜とか肉とか」

【ああ、買い物ってスーパーですか】

え？

ああ‼　やだ！　なんかおしゃれなショッピングだと思ってた系⁉　うわん！　恥ずかしい！　い、急いで訂正を……！

「あとは車とかマンションとか男も買って、帰りにパチンコと競馬にも行ってきました」

なぜこう、私は下手な嘘しかつけないのか。

眼鏡のレンズがパリーンッ！ って割れてるスタンプ来ちゃったじゃん。

「嘘です、スーパーです」

ちゃんと正直になりました。

【よかった、明日は何か予定がありますか】

キタ!!!!

ばっくんって心臓が鳴る。こここここれは「なんでですか？」って聞くのはご法度ですよね。質問されてるんだから、はいかいいえで答えないと!!

でもこれ、「いえ暇です！」って言うと、休みの日に遊ぶ友達もいないのかよ、的な感じにならないかな、今日もスーパー行ってるのバレてるし。

いや、暇なんだけどさ、ありのままの私暗すぎだから、もうちょっと輝いてる女子になったほうが……

ってキョロキョロしてたら、ああそうだった！ カレンダーに貼っていた友達からのハガキが視界に入った。

「明日は友達の結婚祝いを買いに行こうと思ってます」

うん、嘘ついてない！

ネットで済まそうか迷って、でも帰りに百貨店でも寄ろうかなって思ってたのに、結局行けなかったんだよね。

【どこに買いに行くんですか？】

あっ……と決めてなッ……

【俺も一緒に行ってもいいですか？】

支度支度～♪　って眼鏡君が超レンズ拭いてるスタンプ‼　これってデート？　デートかな⁉

【明日、天気晴れですよ】

快晴！　って眼鏡君太陽にレンズをキラッてさせてる。

待って待って！　全然返せない！　どうしたらいいの！　ってあわあわしてたら……

「ひゃあぁぁあああ！」

電話かかってきちゃったし‼　なんでこういう時にグイグイくんの怖い‼

案の定、携帯顔に落ちてきて、まさかの唇に当たって応答してしまった。飛び起きて正座。

『もしもし尾台さん？』

はははははきゃまだきゅん‼!

「はい‼　尾台ですお疲れ様です！」

『ふふ、会社みたい』

「だって袴田君が急に電話してくるからぁあ！」

フッて袴田君の息が耳のとこから聞こえて、ゾクゾクする。

『だって、俺の声聞きたかったでしょ？』

どーーーーーーーーーーん。って、倒れた、そして電話切った。

無理だった。

メッセージで返答に困る相手と通話なんて無理だった。

すっごい、どういうこと？　携帯越しに聞く袴田君の声何あれ？　エロすぎん？

うっそやだ！　またかけてきたぁあ!!

「ちょ、調子に乗らないでください!!　私、袴田君とお話ししたいことなんてありませんからぁ！」

『でも俺は尾台さんの声聞きたかったですよ？』

でゅうーーーーーーーーーん。

『待って待って!!　待ってください切らないで？』

「イタズラ電話してこないでください！」

『だってメッセージだと、尾台さん返信どうするか一日中考えちゃって、寝るの遅くなると思って……』

「え」

『今もどんなおしゃれな街に行くことにしようか考えてるんでしょ？』

「うぁ、あ、そんなことな……」

『じゃあどこに行くんですか？』

「そのえっと……あの……」

六本木！　とかはわからないし、ええっとあっと……

またフッと袴田君の吐息が聞こえた。

『なら表参道とか行ってみます？』

「おおおお表参道⁉」

『行ったことないですか？』

「あ、ありますよ！　よく行くし！　今だって」

『今は家ですよね？』

「いいいい、今………はこの混沌とした時代に生まれてきたことへの是非を身心離脱して考えてるところです」

『ああ、そんな瞑想中に電話してすみませんでした。てっきり、ヨガの帰りにスーパーに寄って急いで帰ってきたところだと思っていたので』

「思い違いも甚だしいですね」

『失礼しました。では明日、自分の存在について詳しく聞かせてください』

「え？　嘘、ご、五時間くらいかかるかもよ⁉」

『すごいじゃないですか、説法の域ですね！　森羅万象でも語り合いますか』

「い、いいいいですね‼　昨日も考えてました」

『楽しみにしてます。じゃあお散歩しながら行きましょう、原宿駅で十一時に待ってます』

「え？　はら？」

原宿⁉　なんで？　なんでそんな若者の街⁉

『尾台さん？』

「え？　ああ、は、はい！　承知しました」

『では、ゆっくり休んでください、俺の大好きな尾台さん』

「ひっ！」

大好き言われて電話切ってしまった。

ちょっと待って！　少し違う自分を演出したつもりがとんでもないことになってないか！

行ったことない若者の有名デートコースに着ていく服もないし、そこで私哲学的なことを語らなきゃいけないみたいだけど、どーしよ！　服……と下着……

え？　なんで下着まで気にしようとしたんだろ、見られる可能性あるのかな、あるかな、ある？　よな？　だって続き……とかしないけどぉ‼

それにしたって私あの、制服に響かないように下着のラインが出ない肌に馴染むベージュのショーツしか持ってないんですけど。

あっ、確か……下着の入ってる引き出しの端っこに、箱のまんま一度も穿いてない下着があって。

「あった」

これ、たまたま下着買いに行ったら会計でくじ引けて、当たったんだよね。ショーツだとは聞いたけど、中見てなかったや。

箱開けると黒いの入ってた。広げてみる。何コレめっちゃ向こうが透けてるじゃん！

え？　ていうかこれ、どっち前？　こんなん着たらお尻が見えちゃわない？

「チーキー、黒レース……スケスケセクシー……」

箱に入ってたメッセージカードには、商品名と「これで彼もイチコロ！」って書いてある。

いや、でもいきなりコレ穿いてたら、尾台さん準備バッチリですねみたくならない？

とりあえず、下着の箱はそっと閉じた。

第四章　実はドエスな袴田君

気づいたらもうデート当日ですよ……

言い訳していいですか。

昨晩は無心になるため料理してたんです（一週間分のおかず生産）。

だっていろいろ考え込んで、やっぱ行かないッ！　ってなりそうだったから。

で、二時間くらいキッチン立ってて疲れて横になって漫画読んでたら、寝落ちしちゃったんですよ。

起きたの八時だから待ち合わせは全然間に合うけど、もう服とかは買いに行けないじゃんね。いや、昨日行く気があったのかよって言われても困るんだけどさ。

わかってるよ、通勤みたいにジャケットにスカートでは行かないよ。

けどほらあれ、べつに原宿でも六本木でも銀座でも、ジーパンにTシャツの人はいるじゃんね。今観光客多いし、皆動きやすいラフな格好ですよ！

……はいちゃんと考えます。とりあえず天気予報見ながら美顔ローラーでフェイスラインゴリゴリやっとく。特に意味はないけど、洗顔したあと小顔マッサージも念入りにしとく（自己流で効果なし）。

そして超ストレッチしてたら眼鏡君から【おはようございます】ってきて、ドキドキで吐きそうになる。

あ、あ、あ………‼

付き合うってなったら毎回こんなに緊張するの？　結婚したら毎日朝からこれ⁉

あ、ちょっと待って、体臭とか平気かな。あれ、初めては記憶ないけど、私お風呂ちゃんと入ったのかな。

会社の時は、袴田君グイグイくるしいっぱい舐めてきたし、もう匂いとかわかんなかったんだよな………ってうわぁあ！

会っていいのかな、でもプレゼント一人で選ぶの迷うし、一緒にいてもらえたら心強いんだよね。

太腿とかふくらはぎにもコロコロして、メイクはシャドーとチークを気持ち濃くした。リップはいつでも塗れるようにポッケに入れとくか。

あとは服……クローゼット開けて、腕を組んだ。

実をいうと、服自体は結構あったりする（買うと満足して着ない人）。

着てく場所がなかったし、流行ってるかはわからないけど……

この花柄のフレアスカート、マネキンちゃんが着てるとすっごく可愛く見えたんだよね。しかしセンスはないから、トップのコーディネートよくわからず、無難に黒とか選んじゃう。

いやでも、デートなんだから黄色とか？　黄色⁉　黄色なんて着て平気かなっていうかデート……

まあちょっとおしゃれしただけでも、いつもの私と違うよね。よし、黄色。

会社では髪縛っちゃうから使ってなかったけど、久々にコテで巻いてみようかな。毛先だけちょっとくるんってしてほぐすだけで、すごい印象変わるんだよね。この服にピッタリなゆるふわカール。

なんかこういう感じ久しぶり。入社当時は私も可愛い格好してたんだけど、私はあのほら、葛西さんに「化粧してる時間あるなら仕様書読めば？」って言われて、どんどんおしゃれに対して萎縮しちゃったんだよね。

今もその名残？　があって、仕事完璧なわけじゃないんだから他のことするなって、頭に刷り込まれてて地味服ばっかり着てる。化粧もそんな感じ。

でも今日は違うもんな！　なんだろ、こんな解放された気持ち、コスプレの時以来だ。私が私でいていいんだ、我慢しなくていいんだ。ふう、朝から胸がいっぱいだな。

とりあえず袴田君にメッセージ送って家を出た。

「おはようございます。今から家を出ます。本日はよろしくお願いします」

携帯買ったばっかの母親か。

いつもと変わらない駅までの道のりなのに、すっごい周り気になる。ああどうしよう、私変じゃないかな。

髪大丈夫かな化粧浮いてないかな臭かったらどうしよう！

ソワソワして山手線待ってたら、袴田君からメッセージ来た。

【七号車に乗ってください】

「はい」とだけ返して言いつけ通り七号車に乗って……あ、原宿のどの改札出たらいいのかなって聞こうと思ったら、ちょうどまたメッセージ来た。

【表参道口で待ってます】

はあああああ!!!　そうですか！　お、表参道口!!　おしゃれ!!!

すっごいドキドキするぅ!!　車内アナウンスがいつの間にか原宿って言ってるし!!

袴田君もういるのかな、まだ十一時になってないけど！

初めて降りた原宿駅。目の前にはエスカレーターがあって、掲示板には表参道口って書かれていた。よかった迷わなくて、ってエスカレーター乗る。っていうかやっぱ若い子ばっかじゃん!!　袴田君のばか！

人の波に乗って改札まで来たら……ああちょっと待って。柱に寄りかかる袴田君見つけてしまった。

やだやだ!!　なんで袴田君いただけで泣きそうなんだよ！　好きじゃないって言ってるじゃん!!

ワイシャツに紺色カーディガンにパンツって、そんな草食系イケメンのお手本みたいな服装ありますか!?　非常にいいと思います!!

反射的に隠れてしまって、失敗したことに気づいた。

だって、袴田君が見つけてくれたら声かけてもらえたのに、これじゃ私が声かけなきゃならないじゃん!!

袴田君携帯見てるし……ソシャゲ？　ガチャ回してんの？　私と会うのに!?　楽しみじゃないんだ、もういいよ！

「は！　か！　ま！　だ！　君！」

もうよくわかんなくなっちゃって携帯見るのやめて欲しくて、力強く呼んでみた。袴田君はすぐ顔を上げて笑う。

「そんな力込めて呼んでくる人初めてです。おはようございます、尾台さん」

「……うんおはょ」

「わぁ尾台さん可愛い。いつも可愛いのに、今日の尾台さんは特別可愛いです。黄色、とっても似合ってます」

デ、デタ!!　のっけから褒め褒め攻撃。

一歩後退しちゃったら、袴田君の長い指がこっちに伸びてきた。

「髪巻いてる、新鮮」

「う、あ、はぃ……時間あったから」

毛先触られて、指先が上がってきて頭撫でられて……ちょっと待ってもう無理！

「尾台さんは肌綺麗だし、メイクが映えますね。ピアスの穴がない耳も好きです」

「へ？　だっ、だって穴開けるの怖くて」

耳たぶ触られる。何、袴田君触りすぎだからぁ！

親指が耳の中に入ってきてぞくってしちゃって目を瞑ったら、おっきい手が首の後ろに回ってぐいっと引き寄せられた。

むにゅって柔らかくてあったかい感触と袴田君の匂いがする。

「ヤベッ。俺どうしてこんな手が早いんだろう、最悪」

唇が離れた時、小さな声で袴田君が言った。

「ちょっ！　え？　うわぁあ！　袴田君ッ‼　なんでちゅうすんの⁉」

「ごめんなさい尾台さん、ちょっと今のは自分でもびっくりしてます」

「会って一分も経ってないのにぃ‼」

「だからすみません、怒らないでください。仲良くいきましょうよ、ね？　尾台さん」

たくさん人がいる改札前で何考えてるの！　迷惑じゃんよ！　ばかばか！　ドスドス

胸殴っとく。

「どんだけ肉食？　袴田君のえっち！」

「まあそこは否定しないんですけど。『本日はよろしくお願いします』なんて可愛いこと言うから、尾台さん来るまで携帯見てテンション上がってたんですよ」

「テンション上がってたの？」

すごい普通の袴田君に見えたけど。

「それで本人目の前にして触れたら、体が勝手に……」

眼鏡（めがね）直して、袴田君はもう一回ごめんなさいって言って頭を下げてきた。

そんな……そんなことされたら胸痛くなるじゃないですかぁ！

「尾台さん？　怒ってます？」

「いや、あの……急に……人がたくさんいるとこでしてきたから……」

「はい」

顔上げたら目じっと見られて、気まずくなって視線を逸（そ）らした。

「恥ずかしかっただけ」

「はい」

「べつにいやとは言ってないし」

「尾台さぁん！」

「ちょっと袴田君！」

だから人前はダメだって言ってんのに、結局袴田君は抱き締めてきた。

神様助けてください、私の右手の感覚がなくなってきました。

まさかの私、手を繋いでるんです。

そう、素面(しらふ)で……これどうしたらいいの、力加減わからなすぎるんですけど……力抜いたら、「いやです」みたいな感じになって袴田君いやな気持ちになるの？　でもぎゅってしたら好きみたく思われるの？　っていうかずっとこうしているの、手汗かきませんか。

それにしても袴田君の手、硬いのにすべすべしてるの。いっぱいにぎにぎしたいんだけど、私が知らないだけで、カップルの間では手を四回にぎにぎするとエッチＯＫの合図、とかあったらとか考えると怖くてできない。

ああ、やっぱさっき振り払えばよかったぁ…………‼

――あれは十分くらい前、駅を出る時。

「尾台さん尾台さん、まだ怒ってるんですか」

「もう怒ってないって言ってますよね」

「怒ってないの言い方が怒っているように感じるんです」

「怒ってないのに、怒ってる怒ってるって言うなら本当に怒りますよ」

「ほら、怒ってますよね」

「なぁに？　じゃあ社交辞令で笑いながら『怒ってないよ』って言えばいいの？」

「俺、尾台さんと仲直りしてからデートしたいです」

「で、でででぇいと」

「はい、デート……」

ちょっとしゅんとしてる。もう！　その顔やなんだってばぁ！

「だからもう許したってさっきから言ってるでしょ！　急にちゅうしてきたのも抱きついてきたのももうとっくの昔に許してますからぁ！」

「そうですか、なら」

袴田君は左手を出して首を傾げた。

「行きましょうか」

「ええっと……これは和解の握手的な？」

「まあ、そんなところです」

にしては出す手おかしいけど、袴田君左利きなのかな？

「そっか、じゃあ改めまして、尾台絵夢と申します。よろしくお願いします」

「こちらこそ、急なお誘いにもかかわらずご承諾いただきありがとうございます」

両手で挟むように握ったら、袴田君はくすっと笑って私の右手を掴んだ。

「ん？」

「デート、楽しみましょうね」

そのまま手を引かれて……待って待って！　手繋いで行くの⁉

「袴田君ッ‼」

「いやなら離します」

「う」

眼鏡（めがね）直してキラッてされちゃって、そのままデートがスタートした。

袴田君がゆっくりリードしてくれて、人を避けながら歩く。

てっきり若者がたくさんいる場所や、クリスマスになるとおしゃれなイルミネーションで彩（いろど）られる欅（けやき）並木を歩くのかと思ってたんだけど……

着いた場所は足元が砂利（じゃり）で、空は広くて森林浴できそうなくらい木がいっぱいあって……

「神社？」

そう、そこは有名な神社。歩きながら袴田君と話す。

「はい、尾台さん初めて？」

「はい、一度友達の結婚式で呼ばれたことがあったんですけど、インフルエンザで欠席してしまって」

「それは残念だったし、大変でしたね」

「初詣も、地元に大きなお大師様があるので、わざわざこっちまで来たことはないんですよね」

「そうなんですね。俺も初めて来ました」

「へぇ」

そうなんだ、私と行く……初めての場所……？

「うんっと……っと、袴田君は表参道よく来るんですか？　ショ……ショッピングとか？」

「まさか。原宿だって初めてですよ。表参道は乗り換えで使用する程度です」

「え」

「尾台さんよく見て」

「ひっ」

突然、眼鏡の美形が目前に迫ってきて怯んだ。

「俺草食系ですよ。知らなかった？　デートなんて精力的にするタイプじゃないですから」

「……………」

「何驚いてるんですか、俺そんなガツガツ行くタイプに見えます？」

「見えませんのにしてくる……」

「そうなんですよ、見えませんしませんのに、尾台さんにはする仕様」

「特殊すぎ‼」

「ふふ、尾台さんは特別です、大好き」

優しく笑われて、思わず手きゅってしちゃったら、きゅってし返してくる。

「ああそうだ、原宿来たことないは嘘でした」

「うん？」

「一度だけ来ました。彼女ではありませんが、仲が良かった子と。中学生の時です」

「うん」

「一応、前日にアレコレ計画を立てていたんですけど、いざ原宿駅に着いて竹下通り（たけしたどおり）を歩いたら、数分して彼女が言ったんです。『あれ、ここのお店変わったんだ』と。何気なく『へえ、前回は誰と来たの？』って聞いたら彼女気まずそうな顔して……」

「ああ……えっと、前お付き合いしてた人と来たのかな？」

「そうですそうです。それで気にしなきゃいいのに、俺バカだから、なんだかこれからどこに行っても元カレと比べられるのかなって思ってしまって。嫉妬（しっと）？　悔しいのか、よくわかんないんですけど、もう楽しめなくなってました。結局彼女に『友達から連絡来たから合流しない?』って提案されて承諾して、俺はフェードアウトしたって感じです」

「………お、重いんだけど袴田君。それ十年以上前の話ですよね? 詳細に覚えすぎだよ! もっと楽しいことあったでしょ? 何? 慰めたほうがいいですか?」

手揺らしたら、袴田君は私の頭に額を寄せた。

「俺のこと、知ってもらいたかっただけです」

「……そっか」

「それから、俺変に意識しちゃって、上手く女の子と付き合えなかったんですよ。いちいち『この子はこれから先他の男と付き合うのかな、そしたら今度は俺と比べるのかな』って考えて。頭混乱して変に線引いて接しちゃうから、いつも『私のこと本当に好きなの?』って言われてしまうんです」

「それで、なんて答えるんですか」

「答えられなかったです。だって好きだって答えたら、今以上のことを望まれるじゃないですか。俺、その子の望むままにできるのかわからないし……でもそんなのを迷う時点で、俺この子好きじゃないのかなって………でも好きじゃないなんて言えないじゃないですか。そんなんで、俺の恋愛観って歪みまくりだったんです。そのあと、この人ならと思う人がいたんですけど、それも結局いろんな邪念が邪魔をして何もなく散りました」

「それで皆さんご存じの草食系袴田君が完成するんですか？」

「まあ他にもいろいろあって、ご覧の有様です」

「おめでとうございます」

「ありがとうございます」

重い話しゅーりょ！　って息吐いたら、袴田君は足止めた。

「だから、今度好きな人ができたら全力でいくって、俺決めてたんですよ」

「ふぅん、そうなんですか頑張ってくださ……」

「ね？　尾台さん」

「あ、あ、あ、あ………」

ウィンクされる。そこに繋げてくるんだ‼　袴田君がちゅって頬にキスしてくるから
びくんってした。

「大好き尾台さん」

「恐縮です」

「ふふふ、ほら見て尾台さん、鳥居」

「ほ？　わぁあ！　おっき！」

なんで気づかなかったんだろうか。袴田君の話に夢中になってて前見てなかった。

目の前には、ひっくり返りそうなくらい大きな鳥居が鎮座していた。

「すごいおっきー！　ぎゅーしていいのかな、ご利益ありそう」

「写真撮りますか」

「うん！」

「俺写真撮るの得意なんで、いいの撮りますね（にやり）」

「今日は服着てますからぁ！」

それにしてもどうやってこれ建てたの！　すごい！　すごすぎ!!

「あああ、そうだ入る前に神様に挨拶しなきゃ。こんにちは尾台絵夢です。現在趣味は特にないです。お邪魔します」

「礼をするのはマナーですけど、名乗るんですね。趣味まで」

「私印象薄いですから、自分から名前出して覚えてもらうスタイルです。趣味は……だって得体の知れない人家に入れるの、袴田君やじゃないの？」

「なるほど。じゃあ俺も。袴田雄太です。趣味はカフェ巡り、スキー、フットサル、サーフィン、カメラ、読書、映画鑑賞、筋トレです。お邪魔します」

「意識高すぎかよ、そのまま消えてくれていいから」

「嘘ですよ。趣味は尾台さんをからかうことです」

バカじゃないの！　って叩いたりなんかして……あれ、なんだコレ。袴田君とのデート、話重かったけど思ったより緊張しない、楽しい‼　参道の玉砂利に普段の生活では感じられない木漏れ日。草の匂いってこんなんだっけ？　空気が澄んでる気がする！

「あ、そうだ袴田君。道の真ん中って歩いちゃいけないんでしたっけ？」

「ああそうですね、神様が通るって言いますもんね」

参道に一歩入ると、空は木で覆われている。マイナスイオン半端ない！

深呼吸して、自然を見ながら歩いてたら、小さな渓谷に掛かる神橋があった。二人で橋の上から水の中を覗く。小さな亀がいるのを発見して指差したんだけど、結局石で恥ずかしかった。二人で境内をどんどん歩く。

「神聖な感じっていいですね、なんだかわくわくします」

「俺、初詣ももう何年も行ってないんで神社自体ご無沙汰なんですけど、やっぱり来ると心洗われますね」

「ちょっと外出ただけで、いろんな発見があるなんて、今まであんま出かけなかったのもったいないことしてたかな。お休みたくさんあったのに」

「じゃあ、これから俺ともっといろんな場所に行きましょうよ。今からでも遅くないです」

「え……そ、それって」

「はい、毎週俺とデートしましょう？」

繋いだ手の甲にキスされる。もうどうしてそういうのサラッとするのかな、ぐぬぬ。

一応怒ってます！　の顔してみると、頭撫でられてその手がすっと前を指した。

「見て尾台さん。この第二鳥居、木造の明神鳥居では日本で一番の大きさなんですよ」

「わぁああ……」

「樹齢千五百年の檜なんですって。これは再建したもので、創建時のものは雷に打たれて破損してしまったみたいですけど」

じっと鳥居見たあと袴田君見たら、袴田君も鳥居を見てた。

あの…………なんでそんな詳しいの、ここ来たの初めてなんじゃないの？　もしかして、すっごい調べてくれてた？

「なんですか尾台さん、何か気になりますか」

「ううん…………と、どれくらい前に再建したんですかね」

「ああ……と確か、台湾から檜を運搬して、昭和五十年に完成したそうですよ。雷が落ちたのは昭和四十一年です」

「そっか……」

めっちゃ調べてきてる‼　ってビビりながらまた鳥居をくぐった。

「尾台さん、もうすぐ本殿ですよ」

「うん……」

視線を正面に向けた時、私の足は止まってしまった。

「袴田君、あれ………」

「結婚式ですね。もう少し近くで見ます？」

「うん」

手を引かれて、近づいていく。その光景に超ドキドキして息を呑んだ。

たくさんの観光客に見守られながら神殿まで参進する新郎新婦は、ずっと笑顔だった。

すごく綺麗な新婦さんに、笑いかける優しそうな新郎さん。

神職さんと巫女さんに先導されて、お母さんと手を繋いで歩く新婦さんは今、何を考えてるんだろう。

真っ直ぐ神様へ延びる道。二人はこれから夫婦になって、人生を一緒に歩んでいくんだ。

「何コレ。袴田君泣きそう」

「ね、感動しますね」

「結婚式ってなんだか魔法がかかってるよね」

「俺ともここで挙げますか？　神前式いいですね。尾台さん和装似合いそうだし」

「うん、いいね…………ってもう‼　おばか！」

「俺は本気なのに」

じーんときてたのに、すぐそういうこと言う!!

もう！　もう!!　って繋いだ手離して殴ったら、また手握られた。これ、ただカップルがいちゃついてるだけになってないやろか。

「じゃあ拝殿で参拝しましょうか」

「あ、待って。あのしめ縄してる二本の木が気にな……」

「はいはい、またあとで」

背中押されて連れていかれる。手水舎でお清めして、拝礼しに行く。

二人で拝殿の正面をちょっと避けてお賽銭投げた。今日も元気です、ありがとうございます。

……しか言うことなかった。

そんでやっと、さっき気になった拝殿の左手側にある木の場所に来られた。

「これなんですか？」

って聞いたら、袴田君眼鏡キラッてさせて答えてくれる。

「夫婦楠です」

「めお、とくす……？」

「この神社が鎮座した当初からある御神樹だそうですよ。体を寄せ合うように、ほんの少しだけ内側に丸く膨らんで生えているように見えませんか？」

「へー可愛いですねぇ」

「夫婦楠から、こう拝殿に向かって参拝すると、恋愛運にご利益があります」

「恋愛……」

肩持たれて体の向き変えられる。しめ縄でしっかり結ばれた二本の楠は愛らしくて絆が深そうだ。

「ゆっくりお願いしていいですよ」

「えぇっと……じゃあ皆が好きな人と結婚できますように」

「ちょっと………尾台さん」

袴田君の手の力が抜けていったような気がした。べつに変なこと言ってないと思うんだけど。

そのあと、袴田君は夫婦楠の写真を撮って送ってくれた。

待ち受けにすると恋愛運がアップするらしいよ‼　わあやった！　皆に共有共有‼

他にもパワースポットはあるみたいだけど、袴田君は「もし興味があるならまた来ましょう」って歩き出した。来た道を戻るのかと思ったのに、人気の多い場所を抜けて、私たちはまた森を進んでいった。

「尾台さん、足大丈夫ですか。疲れたら教えてくださいね」

「はい」

緑のエネルギーに囲まれて疲れなんて忘れてた。歩けば歩くほどなぜか体は癒されている。こんなに自然に触れるなんて何年ぶりかな。

それで、どのくらい歩いただろうか、森を抜けてまた人が出てきて……

「ついに表参道ですか⁉」

「ごめんなさい、ちょっと大きな公園です」

「公園？」

「疲れたでしょう？ 休みませんか」

「………はい」

初めて来た場所でよくわからないし、私は袴田君についていくだけなんだけど、うん。

私が想像していたおしゃれな雰囲気ではない。

それどころか噴水があって芝生が広がってる。ちょっと待って、これさっきから都心？

「さっきの神社にも芝生があるんですけど、あそこは飲食禁止なので」

「飲食？」

「はい」

袴田君は広大な草地の広場を進んでいく。

周りにはレジャーシートを広げた家族やカップルがいる。休憩はできそうだけど、ここで？

そしたら、袴田君は足を止めて背中の荷物を下ろした。

ちょっとそのおしゃれなバックパックなんだろうって気にはなっていたけど……あ、チャック開けるの？　何出てくるのすんごいドキドキするじゃないですか！

「広げるの手伝ってもらっていいですか」

「はい、もちろんです」

で、レジャーシート渡される。ちょっと二人用にしては大きい。

ふわって敷いたら、袴田君がリュック置いて座って、横ポンポンされた。

「どうぞ、俺のセカンドハウスへ」

「えへへお邪魔します」

やだもう、えへへとか無意識に言ってた。

でもおうちらしいから、靴脱いで揃えといた。そしたら袴田君がそれ見て笑う。

「やっぱやるんですね」

「ん？」

「尾台さん、酔っぱらってても玄関着いて靴脱がせたら、『揃えるぅう』って言うんですよ」

「ヒッ‼　知りませんよ」

膝崩して座る。周りには子どもたちが遊んでいたり、ふかふかの芝生で寝転がってる人がいたり。ピクニックしてる人もいる。

のどかだな……。何もしない時間がゆっくり過ぎていく。

そうなんだ。キリキリ働いてただ休みを消化してた時間の裏で、こういう時間も流れてたんだ。

「苦しくない……」

「ん？」

胸に手を当てて、深呼吸する。

「袴田君」

「はい」

もう一回、大きく空気を吸う。

「ここの空気は吸っても吸っても、胸が苦しくならないね」

「はい、気持ちいいですね」

風が吹いて髪が揺れる。ゆっくり瞼を閉じた。

家庭は私が選べるものではなかった。でも職場は私が選んだ場所だった。コスプレも私がしたくてしたことだった。

でも、どこにいても、何をしてても息を吸い込めない時があった。でも、ここは……

「空気ってこんな美味しいんだ」

「よかった、喜んでもらえて」

ちょっと涙が出て、袴田君の肩に頭を預けたら、零れた水滴をカーディガンが吸ってくれた。

また手繋いで、胡坐をかく袴田君の膝に私たちの手は置かれていて。

こんな状況、自分じゃないみたいだった。ぴくって手が動いちゃって、袴田君が顔を少し私のほうに向ける。

「尾台さん？」

「あの………私、何か飲み物でも買ってきましょうか」

「いえ、大丈夫です」

「でも、せっかくシートで休憩してるんだし」

「はい、だから持ってきました」

「え？」

肩から頭を起こして袴田君を見たら、にこってされる。

「尾台さん、お腹空きませんか」

「ああ……うん、もう十二時過ぎてますもんね」

「じゃあ食べましょう」

「ん？　売店か何かあるんですか」

聞いたら、袴田君はリュックに手を入れて眼鏡をキラッてさせた。

「売店はありますよ。でも、俺作ってきたんです。お昼ご飯」

「作って……？　え？　私に？　お弁当を？」

「はい、尾台さん前にタクシーで外食はしないって言ってたじゃないですか。普段外食しない人はするだけでも緊張するだろうし、俺との初デートでしかも土地勘のない場所となれば、もう味どころじゃなくなると思って」

「う…………うん」

「ここなら伸び伸びできるし、周りの目も気にならないでしょう」

「そうだけど……あの、だって」

わぁ、何コレ何コレ！

「やだ袴田君、私あの……息吸えなくなってるよ！　苦しくなってますけど！　胸痛いし！　どういうこと⁉　さっきまでの解放された私どこいった！」

胸元ぎゅってしたら、その手をツンと突かれた。

「その痛みは恋じゃないですか？」

「恋？」

「俺のこと考えて胸が苦しくなったんでしょう？　俺だって尾台さん見てると胸がぎゅってなりますよ。それで、ああ好きだなって思います」

「そう……ですか」

マジですか、恋って痛いの？　苦しいの？

袴田君はフフッと笑って、青いドットのランチバッグと缶の紅茶を取り出した。蓋を開けてから紅茶渡してくれて、ありがとうって一口飲んだ。ふぅ、落ち着く甘さ。

ランチバッグの中に入っていたのはサンドウィッチケースで、大きな手で開けてくれた。

「好きなの取ってください」

「わぁサンドウィッチだ……可愛い」

中にはくるくる巻かれたスティックタイプのサンドウィッチが入っていた（しかもラップがハート柄ってどういうことですか）。それとプチトマトとブロッコリー。

「ピンクのリボンで両端結んでるのがハムチーズで、黄色が卵きゅうりで、緑がツナです」

「色分けしてあるんですか！　すごい」

「いざお弁当作ろうと思ったら、とても難易度が高くて。俺料理しないんで、じゃあ定番の卵焼き！　と思っても四角いフライパンがないんですよ。味つけもいまいちだし、そもそも調味料もないし切るのも下手くそですから、焼くなんて無謀すぎて」

「それなのに作ってきてくれたんですか？」

袴田君は頷いて眼鏡(めがね)を直した。それでちょっと恥ずかしそうにはにかんで……

「だって俺、尾台さんが大好きだから」

「ふぁ」

「ちょっと尾台さん！」

人って本当に自分のキャパを超えると倒れるんだよ。

お弁当見ただけでプルプルきてるのに、終着点が私が好きだからって……もう倒れるしかないでしょう、何考えてるの袴田君!!

「お弁当食べましょうよ、せっかく作ったんですから」

「はい、食べます」

起き上がったら、ピンク色のスティック渡されて。普通のサンドウィッチじゃなくて食べやすいようにスティック型なのが、すでに胸にキテるんです。

朝何時に起きたの？　何考えながら作ったの？　やっぱりいろいろ調べたのかな。材料買って、お弁当箱に詰めて、どんな気持ちで私のこと待ってたの？　私からのメッセージ見て会えるって安心したの？　だから、キスしちゃったの？　袴田君のバカバカ！

「い、いただきます……」

食べる前から泣きそうよ！

「はい、召し上がれ」

震えた唇にふわふわのパンが触れて、口に入れたら……これ高いハムの味じゃないですか、チーズまろやかだしマヨネーズの塩梅も素晴らしくて。

「超美味しいです」

「よかった、じゃあ俺も食べよう」

「私、お父さん以外で生まれて初めて男の人の料理食べました」

「光栄です。俺も女性に料理作ったの初めてです」

「ありがとう、袴田君」

「そのまま俺のこと好きになってくれていいですよ」

「う、考えときます」

答えてそっぽ向いたら、袴田君は距離を詰めてピッタリくっついてきた。

「尾台さん～」

「もう食べにくいからぁ」

「だって嬉しくて。今の大きな前進じゃないですか！　考えとくなんて」

「もうくっついてこないでください！」

「いつもなら、無理！　とかあっちいって！　なのに。ああ、もちろんあれもあれで好きなんですけどね？」

「あっちいって」

「ほら尾台さん、次の卵は俺が食べさせたいです。口開けて？」

「いやですう！」

「ね？　ちっちゃいお口開けて『袴田君の欲しいよぉ。もっと美味しいのいっぱいちょうだい？』って言ってください」

「言いません」

とか言いながら勝手に開いてしまう口が恨めし……美味しい。

待ってよ！　こんないちゃついてるカップル周りにいなくない？　しかも付き合っていないのである（性行為済）。

「実は尾台さんがこんなに可愛いって、社内の誰も知らないんだろうな。ふふふ」

「もう気持ち悪い！　本当にキモイから！　早くサンドウィッチくださいよ」

悦に入ってる変態はほっといて、袴田君の手持って、サンドウィッチいっぱい食べといた。

サンドウィッチはどれも美味しかったし、微糖の紅茶とよく合う。

トマトも超甘くて、ちっちゃいパックで少ししか入ってない高いのってわかるし、ブロッコリーも茹で方ばっちりで程よく柔らかくて、いい塩加減だった。料理するからわかるけど、どれも考えて作ってある。

じーんっときてまた胸痛くなっちゃって……あ、やだ恋きた！

頭ブンブン振ってたら、袴田君は紅茶を傾けながら言った。

「デザートにジャムのサンド作ろうか迷ったんですけど、せっかく外出してるんだし、甘いものは店で食べてもいいかなって作りませんでした。帰りに喫茶店くらいなら寄れるかなって……もちろん無理しなくていいですけどね」

「うんうん！　もう充分ですよ‼　あっとあの……お金？　はおかしいけど、どうお礼したらいいんでしょうか。あとコレ食べます？」

空になったランチボックスにご馳走様して、私の鞄に入ってた市販のアーモンドチョコを出した。

袴田君は一粒摘まむと「ありがとうございます」って笑って、艶々なチョコを口に入れた。

「お礼なんて、今一緒にいるだけで充分です」

「え？　でも……もらってばっかりっていやなんですが」

「どうしてもと言うなら、俺も尾台さんの手料理食べたいなって思いますけど」

「私の手料理？　え？　そんなのでいいなら、今度会社に持っていきますね」

「会社………まあいいですけど。じゃあ約束ですよ」

「はい」

よかった、これでお返しできる。そしたら袴田君、小指差し出してきた。

「じゃあ指切りしましょ？　尾台さん」

「ん？　いいよ」

ちょっと恥ずかしいけど長い小指に私の小指絡めたら、袴田君が歌ってくれた。

「ゆーびきーりげーんまーん嘘つーいたらいっーしょうゆーたのしーもべ！　ゆーび切った♪」

「ちょっと待って！　切りませんよ！　何、下僕（しもべ）って」

「俺のものってこと」

「い！　や！」

でも強引に指切られちゃうし手引っ張られて抱き締められて、そのまま袴田君は私の膝に滑（すべ）り落ちてきた。

「そうですね、もう俺のものだった」

「袴田君のじゃないよ！」

「今日ちょっと早起きしちゃって眠いんです。少しだけこうしててもいいですか」

「う？　うん」

そんなふうに聞かれたら頷くしかなくて。膝に感じる袴田君の体温にドキドキする。

「眼鏡外そ。尾台さん持っててください」

「はい」

黒い腕時計した手がゆっくり眼鏡を外して、私の手のひらでかちゃっと鳴らす。

袴田君は眉間を少し擦って深呼吸すると、口を緩ませて、「幸せ」って言った。

あ、袴田君、ちょっと鼻の上のところに眼鏡の痕ついてる。私を見つめる灰色の瞳はビー玉みたいだった。

スーツじゃなくてノー眼鏡な袴田君は、笑うといつもより幼く見えた。

それにしても男の人に膝枕とか初めてだ！　頭って意外と重いんだ。痺れるほどではないけど……ってそんなことより、間近で見る袴田君の横顔ヤバすぎませんか。え？　なんか美容液とかつけてるのその睫毛……三十代手前で毛穴レスってどんなスキンケアしてるの、鼻は整形なの？　日本人の目と眉の間隔ってそんなんだっけ？

とかじっと見てたら、袴田君膝に頭スリスリさせて甘えてくる。

「頭撫でてください。俺頑張ったでしょ？」

「そ、そうだね頑張りました！　いいこいいこ」

頭の上に載せられた手を、毛の流れに合わせてそっと動かしてみた。少し癖のある髪が気持ちいい。

撫でるのやめると露骨にいやな顔するし、ちょっと休んでると撫でろアピールすごいんだ。

「ふふふ」

「ナニコレ俺死んでもいいや」

「ダメです」

そんななんでもない時間が流れてた。少し風が吹いてきて、巻いた髪が少し揺れる。

「寒くないですか」

「全然ですよ」

「ならもう少しこのままでいたいです」

袴田君はそう言って膝の上でニコッと微笑んだ。そっか、レジャーシート二人だと大きいかなって思ったけど、袴田君が横になるとピッタリなサイズなんだ。

「正直言うと、尾台さんが俺の手作りを食べてくれた時点で、お礼はもらったも同然だったんですよ」

「そうなの？」

「だって俺が何握って擦ったかもわからない手で作ったサンド」

「もおおおお！」

「嘘ですよ、でも俺を信用して食べてくれたじゃないですか。手作りって本人が思ってるより重いでしょ？」

　ポツリと言われた言葉にチクッと胸が痛んだ。自然と眉が下がる。

「尾台さん？」

「本当ですよね。私も……うん、彼氏ではなかったんですけど、学生時代少し仲の良かった男の子がいて、誕生日に何あげようかたくさん悩んで、クッキー焼いたんです」

「いいですねクッキー」

「私も思い込みが激しいから、例えば一万円のプレゼント渡したら来年はもっと高いものあげなきゃとか気を使わせそうだなっていろいろ考えて、まずはお金より私の気持ちって思って、生地一晩寝かせて、家族が感動するくらい美味しいの作ったんです」

「はい」

「そうしたら渡した瞬間、『尾台がクッキー作ってくれたぞ』ってクラス中に配られちゃったんですよ。悪気がないのはわかってます。でもちゃんとお誕生日おめでとうって渡したんですけどね。手作りのお菓子はプレゼントには入らないみたいで」

「すっげーバカですね、その男子は」

「皆が『それお前の誕生日プレゼントじゃないの』って言ったら、『え？　でもこれ食いもんじゃん』って言って、周りも『ああそっか、まあ急に手作りとかおもてーよな』って納得してました」

「………」

「ちなみに、そのクッキーは美味しい美味しいって大評判でしたけどね」

笑顔でフォロー入れてみたけど、袴田君は遠くを見たまま瞬(まばた)きするだけだった。

「私は付き合うなら、ずっと一緒にいたいって思える人がいいんです。だからいい感じの人がいても『どこ行きたい？』って聞かれたら他愛もない場所答えてたんです。私的には『あなたとなら、ただの散歩道でも楽しいんだよ』って伝えてるつもりだったんだけど、相手の子にはつまらない女だと思われていたみたいで……口で言わない私が悪いんですけどね」

「つまらないのは男のほうなのに」

「いちいち擁護(ようご)しなくていいですよ」

「擁護(ようご)ではないです。思ったことを口にしてるだけです」

「そっか……で、いい年だし、私が変わらなきゃなぁなんて思ってたんですけど……逆の立場になってみたら違いました。だから私はもう過去の自分を可哀想とか重い女だなんて思ってないです」

「ん？」

気持ちが伝わるように、袴田君の頭を優しく撫でた。

「だって今……公園とってても楽しいです。何もしてないけどすごく落ち着くし、居心地いいです。手作りお弁当も、私のこと一生懸命考えながら作ってくれたんだなって感動しました。きっと私もそんなふうに相手に思ってもらいたかったんだけど、若かったし私とは感性も価値観も違うし、他人の言葉に流されやすい時期だったし、共感を得られなくても仕方なかったんだと思います」

「そうですか」

「私のために時間かけてくれて、私のためだけに作ってくれて……料理って食べてしまえば終わりだけど、私はこの一瞬のために袴田君がどれだけ頑張ってくれたかわかるから、本当に嬉しいです。ありがとう袴田君」

袴田君はゆっくり起き上がると、前髪をかき上げて顔を寄せてきた。

「それって俺が好きってことですか」

「飛躍しすぎです」

「俺と尾台さん、凹凸（おうとつ）噛み合ってるじゃないですか。だって俺と同じでしょ？　ずっと一緒にいたいんです。俺は彼女が欲しいんじゃない、お嫁さんが欲しいんです。特別なんて望まないからずっと傍で笑ってくれる人………」

手握られてドキッてする。少し傾きながら袴田君の顔が近づいてきた。

「尾台さんが欲しいんです」

ふわって柔らかい唇が重なった。太い指が私の指の合間に入ってきて握り込まれて、ゾクゾクする。あう……袴田君眼鏡(めがね)してないからちゅう深い……

「んん……」

「そろそろ俺を拒(こば)めなくなってきました？」

「袴田君、外……」

「尾台さんはまだ俺が信用できないんでしょ？　気持ちはとうに俺に傾(かたむ)いてるのに、酔った女に手出してるし、付き合ってもない男とセックスしてる女に好きだって言ってる男なんて、大丈夫かなって」

「ああ……あの……えっと………ウン」

「会社でエッチなことしてきて非常識だし、好き好き言う割には連絡くれないし、でも会えばグイグイきて怖いし、いきなり電話してくるし心読まれてるし、卑怯(ひきょう)だし話聞いてくれないし、でも流されまくりでこんなの自分じゃないみたいで……ふふふ俺が怖いですか？」

「怖いよ!!　わかってんならやめてください！」

袴田君は眼鏡(めがね)をかけると、ブリッジ人差し指で押してキラッとさせる。

「計画通りです」

「最悪！」

「うぶな尾台さん困らせるの大好き☆」

「それ、いじめっこの考えだから！　顔が悪代官ですよ」

「会社じゃ見せない、尾台さんだけが見られる袴田君のゲス顔です」

「極めすぎだから」

あっちいけって肩押したら、袴田君は逆に私の肩を引き寄せてきた。

「ねえ尾台さん。俺との始まりは最悪だったかもしれないけど、でも尾台さんにはまっとうなやり方じゃ通用しないと思ったんです」

「う、そうかな……」

「だって普通に話しかけて食事誘っただけじゃ、今までみたいに壁作った状態でしか接してくれなかったでしょ。もちろん反省してますよ。飲み会後のあの日、早朝に尾台さん一人で帰したこととか。でも、一度一人で俺のこと考えてもらいたかったんです。酒癖の悪さも自覚してもらいたかったし。でも俺は、あのスタート後悔はしてないですよ。責任取るためにあなたを抱きました。あのスタートだったからこそ、ありのままの尾台さんと、今こうしていられるんだって思ってます」

「ありのまま……？」

袴田君はぎゅっと抱き締めて耳元で息をかけながら言った。

「そうでしょう？　尾台さんの恋愛下手は、相手に気使って素の自分を出せなかったからですよ？　嫌われたくない、喧嘩したくない、自分も相手も傷つけるのがいやで本心なんか話さなかったでしょう？」

「あ……ん、わかんないし、そこでしゃべるのや」

「ねぇ？　本当の尾台さんは耳元で話されるのいやなくらい敏感だし、付き合ったら死ぬまで一緒にいてくんなきゃいやなわがまま子なんですよ。エッチも大好きだし、ずっとぎゅってされてたいんでしょ？　いっぱいいろんなところにも連れてって欲しいんですよね？　いいですよ、わがまま言って。俺嫌わないから『袴田君、私のモノになって』って言っていいですよ？」

「言わないからぁ！」

顔あっつい！

全力で体押してキィッて歯見せる。びくともしないし、こっちは怒ってんのに、袴田君は謝りもせず、可愛い可愛いって頭撫でてきた。

「こんな尾台さん誰が知ってます？」

「誰も知りませんよ！」

「ふふふ。そろそろ買い物に行きませんか？」

「ん？　はいそうですねって………立てないから離してください！」

「ずっとくっついてていいですよ」

袴田君は名残惜しそうに体を離して優しく笑った。

袴田君が片づけを手際よく終わらせてくれたあと、並んで表参道駅へ歩く。ふと袴田君が聞いてきた。

「それで、お友達には何を渡す予定なんですか」

「むむ……！」

今日一番の目的である友達の結婚祝い……一応候補はあるんだけど実は迷ってるんだよね。

駅に向かう間、なるべくゆっくり考えたいから歩幅(ほはば)を狭めたら、袴田君はそれに合わせてくれた。

……うん、また手繋いでるの。

さっき公園でレジャーシートをたたんでる時、「尾台さん手汚れてないですか」って言われて手を差し出したら、ハンカチで汚れ払ってくれてそのまま握られてしまった。

なんかすっごい手慣れてない？　そんなことない？

じっと見たら、「尾台さん大好き」って言われて………いや、聞いてないし‼

知ってるし！

で、プレゼントだけど……

「予算はいくらなんですか」

袴田君ちょっと首傾げて聞いてくる。

「結婚式に出席してたなら三万円包む予定だったんですけど、プレゼントで三万となると高額じゃないですか。選択肢が広すぎるし、いらないものだったらどうしようって悩んでるんです。料理が好きな子だけど調理器具ってこだわりあるし、食べ物は旦那さんの好み知らないしお酒飲めるのかわからないし、でも『カタログギフトってなんか心こもってないよね～』って本人が言ってたの聞いたし、子ども関連って思ったけど、もし子ども作らない主義だったら必要ないし、『子ども作るの？』って聞くのも微妙な感じするし……」

「友達からのプレゼントだったらなんだって嬉しいよ、みたいな意見が正直なところ」

「一番無責任でムカつきますね！」

「ふふふ。もし尾台さんがもらう立場だとしたら？」

「『そんなの友達からならなんだって嬉しいよ!!』って言ってる」

「相変わらず面倒臭い性格ですね」

「知ったような口を利くでないわ！」

肩を一発叩いて、どうしようかなーどうしようかなーって自然と袴田君の手を大きく振っちゃう。

「だとしたら、表参道はやめたほうがいいかもしれませんね。一応下調べしてますけど、おしゃれショップが多すぎて、尾台さん頭混乱しそう……」

「表参道のおしゃれショップですか………」

聞いただけで頭痛いな。そしたら袴田君「あっ」ってなんか思いついたみたいで。

「なら、思い切って金券はどうですか」

「金券……？」

「カタログギフトだと制限がありますけど、金券なら選ぶものに制限がないし、もらって困るものじゃないでしょ？　そのまま渡すのではなくて、可愛いポーチに入った百貨店の商品券なんていいと思いますけど」

「商品券とポーチ……」

そんなの全然頭になかった。でもうん、私以外からもタオルやカトラリーみたいな素敵な結婚祝いはもらってそうだし、商品券……いいかもしれない。ポーチくらいなら、センスのない私だって選べる！　すごいなぁ袴田君。

「何尾台さん。そのキラキラした目」

「袴田君に惚れちゃったあ」

「え」

にこってしたら、袴田君目見開いちゃったんだけど。

「私じゃ思いつかなかったし、やっぱ袴田君はすごいなぁって思ったの」

「なんですか尾台さん急に」

ぎゅうって手握ったら、袴田君あっち向いちゃった。

「え？　何？　ええ？　あれ？　袴田君……もしかして照れてます？」

「いえ、全然冷静ですが」

「って言ってる、お耳が真っ赤です」

「気のせいです」

何なにこれ～？　こんな袴田君初めてじゃないですか！　もっと恥ずかしー顔見せてって覗(のぞ)き込みにいったら……

「大人からかうのやめましょう」

って手引っ張られて胸に閉じ込められてしまった。

「年一個しか違わないし！　それに袴田君、私のことはすぐからかってくるじゃないですか」

「尾台さんは可愛いから、からかってもいいんですよ。俺なんてからかったって面白くないでしょ？」

「顔赤くして面白いですよ！　もっかい見せて!!」

「尾台さんわからないの？　俺のこと興奮させたら困るの、尾台さんですよ？」

「へ？」

頭のてっぺんキスされてから、ちゅっちゅって耳と首に下りてきて、びくってしてしまった。

　ここ道の真ん中なのに、袴田君の唇柔らかくてゾクゾクする。

「挑発もほどほどにしてくださいね？」

「……あ、いったぁ」

　首の付け根に噛みつかれる。そんなの初めてで、ぎゅって袴田君の腕を掴んだ。

　首元から口を離して唇を舐めた袴田君は、そこを見て灰色の目を細める。

「それじゃあ行きましょうか」

「う……なんか、怖いです！　一緒に行くのダメかも」

「でも尾台さん優柔不断だから、俺に一緒にいて欲しいでしょう？」

「む」

　べつにネットで買ってもいいんだけど………が、口から出なくて、結局袴田君の手を握った。

　それから新宿に移動したけど、やっぱり休日はどこも人が多くて眩暈がした。

　通勤ラッシュとは違う人ごみってなんか酔う。いつもならヨガ行くか銭湯行くか図書館行くかで、家の半径一キロ以内から出ないもんな。

　百貨店でポーチ選んで商品券もゲットして、ふと気づいたら袴田君は私の鞄を持ってくれていた。

アレ、いつの間に？

お店で、少しでも悩んでたらすぐ声かけてくれるし、人から避けてくれるし、ドア開けてくれるし、少しでも少し立ち止まると頭撫でて「可愛い」って言ってくれるし……そうなんだ、男の人と歩くって………デートするってこういうことなんだ！　とちょっと感動した（過保護？）。

お店から出て信号待ちをしていたら、向かいの大きなビルから真新しいリクルートスーツを着た男女の集団が出てきた。

「わぁ若い子がたくさん！　就活セミナーでもあったのかな」

「休日なのに大変ですね。尾台さんは就活何社受けたんですか」

「え？　なんでそんなこと聞くの！　は、袴田君は？　袴田君が言ったら言う！」

「俺はうちだけですよ、まあコネ入社みたいなもんだったので」

「コネ!?　へぇいいね。じゃあ就活の苦しみを知らないんだ」

「そうかもしれませんね」

「そういえば、インターンシップ説明会と合同企業説明会の話してましたよね。そういうのも袴田君出るんですか？　コネ入社なのに、就活生の前で何話すの？　コネ入社なのに」

「何、尾台さん感じ悪くないですか？　コネ関係ないでしょ。俺は何も話しませんよ。総務なんだからイベント業務に携わるのは当然です。ああでも、あの会場は俺たちが初めて会った場所じゃないですか」

「ん？　私インターンは参加してな……あ、企業説明会のことですか……」

『今日も私のマジックであなたのハートを一人占め☆』

突然爆音がして、私の話が遮られた。

アニメソングにのせて可愛らしい女の子の声が新宿の交差点に響く。

少し日が傾いてきた街中にＬＥＤライトで装飾された広告宣伝車が進入してきて、そこにいる誰もが注目してた。

『ミラクル・ルンルン・ハートにマジック♪』

聞き覚えのあるセリフを流しながら、目の前をゆっくりとトラックが通過する。

電飾に囲まれた側面に描かれていたのは魔法のステッキを持った少女で、彼女の大きな瞳と視線がぶつかって、思わず下を向いてしまった。

『悪いハートにラブマジック‼』

こんなん、今通らんでもええやんけ、と心の中で呟いた。

有名な魔法少女アニメ「マジカル・プリティー・クロニクル」、略してマジクロ。

女の子なら誰もが幼い頃に見ていて、今年で放送二十五周年を迎える長寿アニメだ。

毎年主人公は変わっているけど私のお気に入りは、初代の主人公ラブリスだった。

マジクロのあらすじはこうだ。人間は辛いことがあると、地獄から湧き起こる負の力に心を支配されて『寂しんジャー』になってしまう。その時に仲間がいたり、応援してくれる人がいれば立ち直れるんだけど、地獄の帝王『オニナンダ』に少しでも心を許してしまうと、『もう死にたいんジャー』に進化して暴れてしまう。

ラブリスはそんな人間を愛と魔法で救ってくれる、魔法少女だ。

そして……私が一番コスプレでやっていたキャラですね、はい。

「尾台さんどうしたんですか」

「いえ、どうもしませんよ」

俯（うつむ）いた私を見ながら、袴田君はトラックを指差して言った。

「こういうの、尾台さん好きですか？」

その袴田君の一言（ひとこと）に、交差点の雑踏の音が聞こえなくなる。

トラックの向こうには、就活生が群れを成して信号が青になるのを待っていた。

好き。

だよ、それ一択だ。

コスプレはしなくなったけど、それでも私の中でナンバーワンアニメはマジクロだ。

でも……言葉が出ない。

【いい年して魔法少女とか、マジでキメェ。さっさと引退しろ】

大好きだったあの子の裏アカ、もう一つの顔。

もう、涙なんて勝手に生成しなくていいんだっつーの。目の奥に押し込んで深呼吸する。

思い出さないようにしてたのに、せっかく楽しかったのに……

ぎゅうって手強く握っちゃって、袴田君が「尾台さん？」って聞いてくる。

大好きだったオープニングテーマを、トラックのラブリスが歌ってる。

『どんなに辛くても寂しくても悲しくても、あなたの心に光はある。必ず取り戻してみせる！　愛の力で、魔法の力で私が夜明けに導くから』

すごくすごく大好きなのに、そう言ったら、もしかしたら、袴田君も私のことキモイって思うかも。

そんなの……やだ。

眼鏡(めがね)の奥の灰色の瞳が私をじっと見てる。お腹にグッと力を入れた。

「好きじゃないですよ？　こんな幼児向けアニメ。私が好きだったら、おかしいでしょ？」

って笑っておく。袴田君は私を見て頷いて、遠ざかるトラックを見ながら言った。

「幼児向けだけど、ああいうアニメって見たら意外と感動するって言うじゃないですか。

今度見てみます？」

「えっと……気が向いたら、でいいなら」

「見るなら一気に見たいんで、徹夜ですかね」

「袴田君起きてられますか？」

「もちろん、尾台さんとなら。いつか一緒に見ましょうね？」

コツンと頭を寄せられて「約束ですよ」って言われて、そんなの恥ずかしいに決まってるのに、マジクロの話題から逸れてよかったと安心して受け止めてしまった。

袴田君は知らない。ありのままの私なんて、本当の私なんて、袴田君は知らないんだ。

そう思ったら、急に壁ができたような気がして悲しくなった。

……ううん、違う。この先誰と付き合ったって、その人が私のすべてを知るなんてありえないんだ。

口に出さなければ知れない過去なんて山ほどあるじゃん。きっとそれが普通だ。

でも、なんだか袴田君を騙しているような気がして胸が痛かった。私はきっと袴田君が好きなのに。こんな私のことを、一生懸命わかろうとしてくれてるのに。

でも何から話せばいいかわからないんだ、私を助けに来てくれた人にまで心を開けないで、何してるの。でもいい距離感を保ててるのに、私の黒歴史を話して、それを揺るがす必要ってあるのかな。

もう、苦しい帰りたい。

駅に着いた、買い物も終わった、日も暮れた。

デートはもうおしまいだ。

最後の最後で私だけ変な気持ちになっちゃって集中できなかったけど、初めてのデートにしては上出来な気がする。

さあ早く帰ってお風呂に入ろう。寝て起きて、今日を早く過去にして、まあいいかって諦めたいのに、袴田君が言うんだ。

「お茶でも飲んで帰りませんか？」

ああそっか。甘いもの食べるって約束してた。仕方ないから笑って答えた。

「いいですね、行きましょう」

袴田君は私を見て「はい」って頷くと、繋がれたままの手を引いた。

その途端、何もないのにつまずいて、とっさに袴田君の腕にしがみつく。足元を見たらサンダルのストラップの留め具が外れていた。

「大丈夫ですか？」

「はい」

袴田君はすぐに膝をついて足を見てくれる。自分でやるって言う前に、顔がこっちを向いた。

「ここ、壊れちゃってますけど……どうしますか？」

「えっと……」

「中央東口に修理屋さんありましたよね。新しいの買うなら靴屋さんはいくらでもありますけど……」

「いえ……いいです。どうせ安い靴だったし家で捨てます。ストラップ外れても少しなら歩けますから」

「そうですか、ならお茶はやめておきましょうか」

「ごめんなさい」

「謝らないでください」

なんだ、喫茶店に行かないで済む。靴壊れたのラッキーだったかも。なんて思ったのも束の間、袴田君は改札のほうへ手を引いてきて。

「何、袴田君。もう今日はおしまいですよね？」

「そうですよ、帰りましょう。家まで送ります」

「え？　いいですよ！　まだ遅い時間じゃないし、一人で帰れます」

「ダメです。足元も危ないし」

「このくらいで大袈裟です」

もう終わりって手を引っ込めようとするけど、強く握り込まれて離せなかった。

「手……離してくだッ……」

「いやです、俺は一秒でも長く尾台さんといたいです」

「…………」

いやだな、私はもう独りになりたいんだけどな……でも今日いろいろしてくれたし……そんな顔でそんなふうに言われたら断れないじゃん。

大きく息を吸って感情を鎮めて、「じゃあお願いします」って笑ってみせたら、袴田君は手をほどくと両手で私の顔を包んだ。

「な、なんですか？」

至近距離まで顔が寄って、袴田君の息がかかる。袴田君は眉間を寄せて掠れた声で言った。

「ねぇ尾台さん、俺何かしました？」

何、何？　なんで？

顔を背けたいのに、袴田君の手がそれを許してくれない。

優しくて、温かくて、私の知らない私の隙間から心に触れてくる、恐ろしい手。

「就活の話がいやでしたか」

「ち、違います……」

「すれ違った男の中に元カレでもいましたか」

本当になんでもないです」


「いません」

「なら……俺がいやになったんですか」

「そんなわけないでしょ。いやだったらデートもしないし手も繋ぎません。本当になんでもないです」

ああ失敗した、就活の話がいやだったって言えばよかった。

核心に触れるのがいやなくせに質問を全部否定してしまって、どうするんだよ私。

このまま聞かれたら嘘なんてつけないのに。

動揺を袴田君に悟られてる気がして怖い。目を見ていたくない、逃げたい。

唾液の呑み込み方がわからない。灰色の瞳が射貫(いぬ)いてくる、次の言葉が怖い。目の前でゆっくり開く唇に、体が強張った。

「じゃあなんで、笑うんですか」

「な、に………」

「だっていつもの尾台さんなら、恥ずかしがるところでしょう？　俺とお茶するのも、家まで送ってもらうのも」

「え」

「いつもの尾台さんなら俺意識しちゃって、やだやだって顔赤くしていやがるところじゃないですか。どうしてそんな作り笑顔で承諾するんですか」

「あの……」

「まるで他人事ですね」

自分を言い当てられて言い返せない。震える唇を袴田君の親指がなぞった。やだ本当だ、こんなことされてるのにドキドキしない。ただ怖いだけ……なんで？

「キスしてもいいですか」

「…………」

「答えないならするよ」

ふわって袴田君の匂いが近寄ってきて唇が温かくなる。触れるだけのキスだった。

顔が離れて見つめ合ってたら……やだ目の中じわじわしてくる。視界が歪んで、瞼を閉じたら溢れそう。

「唇噛まないで」

袴田君が唇なぞりながら言ってくるけど、私、涙堪えるので精一杯。

「袴田君どうしよう私……」

「今の俺、尾台さんにとって男じゃなくなってますね」

「あ、の………ごめん、なさい。袴田君は悪くないの」

「誰が悪いかなんて聞いてないし、謝って欲しくないです」

「うん、えっと……でも……だって」

胸のところぎゅって握る。私も……袴田君も泣きそうに見えた。

「………ごめんなさい。尾台さん困ってるのに、責めたくないのに、わかってるんですけど……でも急に壁作られて」

「壁……」

「俺寂しくて………」

眼鏡の奥の瞳がキラキラしてた。いい年した大人が二人してこんなとこで泣きそうって、ヤバくないかな！

覚悟決めて、えいって袴田君の首に手を回した。

だってこのままだと私も袴田君も、寂しんジャーになってしまうから。

「本当になんでもないの、本当です。元カレなんていないからそこは安心してください。

就活は四十八社エントリーしました。冴えない出身大学にしけた資格、魅力のない自己PRでふるいにかけられ、面接まで行けたのは八社でした。最終的に三社から内定を頂きました。その中でも成長中のうちの会社に私の未来を預けようと思い、入社しました。

袴田君は、私の中で一番傍にいてくれる人だと思ってます。一日のうちに袴田君を考える時間、いっぱいあります。そんなの初めてです。そしてそんな経験なんて今までにないから、戸惑うことばかりです。たまに過去の自分と対峙して、いやになって塞ぎ込んでしまおうと思う時もあります。私はそうやって自分を庇って生きてきたから、そうするのが当たり前になってるんです。今も袴田君を鬱陶しいと思う自分と、わかってもらいたい自分がせめぎ合ってました。でも結局どうにもできなくて、私は逃げようと思いました」

「はい」

「でも」

袴田君が体を屈めて抱き締めてくれて、胸が熱くなった。

「でも、それじゃいけないって本当はわかってるから、こんな私でもいいなら袴田君と一緒にいたくて今ぎゅってしてます。ダメですか」

「ダメなわけないです」

袴田君は頭ポンポンしてくる。私ばっか必死でムカついた。

「偉い偉い」

「なんで怖い言い方したの？　私が泣くってわからなかった？　袴田君なんて嫌い！」

「はい、ごめんなさい。試すような言い方して。尾台さん好きだから言っちゃった」

「……む」

「好きです」

「頼んでません」

「頼まれなくたって俺はにゃんにゃんさんが大好きです」

「え？　にゃん……？」

二年ぶりのその名前に、返事ができなかった。〝にゃんにゃん〟は、私のコスプレの時の……

袴田君はそのまま私の頭に何度もキスをしてて、混乱する。

「やっとこの名前を呼ぶことができた、本当に幸せです」

「えっと……待って、待ってその名前って……」

「尾台さんが綺麗すぎて、臆病な俺は、いつもファインダー越しでしかその姿を見ることができなかった」

袴田君はポツリと話し始めて、顔を上げれば少し潤んだ瞳が私を見つめてきて……

「ちょっと……え？　ファインダー？　ファインダーってカメラの……」

「そうです、俺はずっとあなただけを撮ってましたから」

「急になッ……ちょっと……それ！　え？　袴田君……私がコスプレしてたの」

「知っていました。というよりも、俺は昔からにゃんにゃんさんのファンです。尾台さんとイコールで繋がったのは偶然でしたけど」

「そう……なんだ。でも全然覚えてない」

「はい、家族がそういうのを嫌うので、イベントは変装して行ってましたから」

体を少し離して、恥ずかしいやらなんやら上を向けなくて袴田君の胸に額を預ける。

大きい手が優しく背中を撫でてくれた。

「さっき、『この人ならと思う人がいた』って話したの覚えてますか。あれはにゃんにゃんさんのことです。何度も声をかけようと思ったんですが、嫌われてイベントで会えなくなったらと思うと、怖くて何も言えませんでした。それくらい俺にとって、にゃんにゃんさんは尊い存在でした。『いつもありがとうございます』の言葉と写真を褒められるのが、俺の唯一の生き甲斐だった」

「はい」

「でも、あなたは忽然（こつぜん）と消えてしまった」

謝る……ところ、なのかな。でも未だに事実が呑み込めなくて。

「尾台さん」

「はい」

「尾台さんは、アリアさんが自分を誹謗中傷（ひぼうちゅうしょう）している投稿を見てショックを受けた、だから消えた？」

アリアっていうのは、確かに私と仲良くしてたコスプレ仲間の子の名前。

「…………あの……はい。いや誹謗中傷（ひぼうちゅうしょう）というか真実？　現実？　を突きつけられて、もう距離を取ったほうがいいのかなって」

「なりすましってわかりますか」

「え？」

「あれ、なりすましだったんです」

「待っ……え……」

ああ、ちょっと待って……意味はわかるけど、そんなことって。

「あなたが突然前触れもなく消えて、一番動揺していたのは他でもないアリアさんでした。あなたに連絡を取る手段がないと心配して、毎日のように何かしらの情報を得ようと奮闘していましたよ。そんな彼女の前に、にゃんにゃんさんを引退まで追い込んでやったと語る人物が現れたんです。彼はアリアさんの熱心な信者で、アリアさんより目立つあなたをうとましく思っていました。彼は裏アカウントで自分だけのアリアさんを作り出して、ありもしない愚痴を書いてた」

「そう……ですか……」

ズキズキ胸に響いて袴田君を抱き締めた。……全然……頭働かなくて。

そんなの考えもしなかった、なりすましなんて……ただただ胸苦しい。

「その彼は、ネットにも現実世界にも居場所がないほど制裁を受けてますけど、でも肝心のにゃんにゃんさんは、もういないんです」

「………」

「本当は尾台さんがにゃんにゃんさんだとわかった時、すぐにアリアさんのことを伝えたかったけれど、もしかしたら思い出したくないかもと思って、言うのを迷いました。でも、あなたはあんなに好きだったマジクロを、好きじゃないと言った。過去の自分を否定して、あの日のまま傷ついたあなたを見ているのは、もう限界で」

「袴田君……私、どうしたら……」

涙ボロボロで顔もたぶんぐちゃぐちゃだけど、袴田君を見上げたら額にキスしてくれた。

「あなたを否定するアリアさんなんて、この世のどこにも存在しません。彼女は今でも毎日欠かさずあなたにメッセージを発信しています。『にゃんにゃんさんどこにいるんですか、生きていますか、心配です、連絡ください、会いたいです』って」

「アリアちゃん……大好きなんです……うん、今も」

「知ってます。アリアさんも、今でもにゃんにゃんさんが大好きですよ」

「うん」

「大丈夫、俺がついてます」

ぎゅってされる。優しくて温かい……安心する。これが好きって感情じゃなかったら、なんて表せばいいのだろう。

「尾台さん、あの飲み会の翌朝、俺の部屋すごく散らかってたの覚えてますか？　あれ、酔った尾台さんが自分の部屋と勘違いして、ラブリスの衣装が入った段ボール探したからなんです。『ラブリスの箱、なんでないの？　捨てちゃやだ』って。ああ、やっぱり尾台さんは本当はラブリスが、コスプレが好きなんだって知れて、俺がどれだけ嬉しかったか……俺は、ずっとずっと尾台さんのことが好きなんですよ」

そっか……そうなんだ。

袴田君は涙が止まるまで体を撫でてくれて、私が落ち着くと、背中をポンポン叩きながら言った。

「ねえ尾台さん、家まで送っていいですか？」

「あ………ダ、ダメ！　袴田君、絶対家に入ってくるもん」

なんか急に恥ずかしくなってしまった。

肩から顔を外したら、袴田君はいつもの意地悪な笑顔に戻っていた。

「ふふふ、でもこのままさようならなんて、尾台さんも寂しいでしょ」

「べつに私は一人でも！」

袴田君は私の頭から背中まで撫で回してくる。緊張が解けて気持ちいい。

魔法の手みたいだな、って思ってたら、大きな手が腰のほうまで伸びてきて、ピクンッて背筋が跳ねた。

「ちょッ……袴田くっ」

「尾台さんの体のライン好きです。しなやかで滑(なめ)らかで柔らかくて」

「待っ……！　あ、待って待ってそれ以上は……」

腰を過ぎたところで、思わずダメって手を握った。でも制御しきれなかった反対側の手は、お尻のほうまで触ってて。

「ん？　え、ちょっと待って尾台さん、これどういうこと、この感触」

「ダメダメ！　袴田君触っちゃダメ！」

「これお尻ですよね、下着との境目ないんですけど……ああ、ここにラインが」

「ダメだったら！　ダメって言ってるじゃん‼」

怒ってるのこっちなのに、袴田君ってば駅のコンコースで私のお尻撫で回していやな顔してる。

「これティーバックじゃないですか。尾台さんこんなの穿いて一人で帰るって言ってたんですか？　途中転んだら誰に助け求めるつもりなんですか」

「え？」

「お尻丸見えで転んで、他の男の手借りて立って、どこに連れていかれる気ですか？」

「そんなの」

「一人で帰ろうとしてたのあなたでしょ？」

きゅうってお尻の肉掴まれる。袴田君顔怖ッ‼

「なんで怒るの！　だっていつも不細工な下着しか着けてなかったから、デートの時くらいって乙女心でしょ!! どうしてそうゆーのわかんないの! 何年総務やってんの!!」

「二年です。え? 俺のために穿いてきたんですか?」

「知らんし勘違いすんなよ、ゲス眼鏡」

プイッと横向いたら、袴田君はお尻から手離して抱き締めてきた。

「さあ帰りましょうか」

「やーだ!! やだやだ! お茶したいですぅ!!」

「なら尾台さんの家でゆっくり飲みましょう。大丈夫ですよ、俺尾台さんの家でお茶淹れたことあるんで、ポットの場所も紅茶の場所も知ってますから」

「え、なんで知ってるの」

「尾台さんが酔っぱらって『あぅうー紅茶飲みたいの! 紅茶! 早く持ってきてよ!! 紅茶ッ!』って俺を蹴って」

「はいはいはいわかりましたわかりました、私が淹れますよ!」

はあもうやだ! タイムマシーン乗ってぶん殴ってやりたい、過去の自分!!

これから何かあるかもしれないと思うと、袴田君との電車の中はヤバかった。

袴田君の一挙手一投足に目がいってしまう!! 電車が揺れて抱き寄せられるだけでも、

変な声が出そうだった。

でもあの、なんか、はい……外で見る袴田君格好良いなって、いまさらながら再確認した。

スーツの袴田君もいいけど、この柔らかい服装にお弁当箱の入ったリュック背負ってる袴田君、いいと思う！

まあ当たり前だけど、普通に最寄り駅知られてたし、なんなら家までの道もちょっと袴田君リードで到着した。

それで玄関のドアを前にして。

「いたたったたたたたたったたたたたたたたたたぁあああ!!!」

「袴田君、いきなりお腹痛くならなくていいから！　おうち入りたいんでしょ？」

「はい、入りたいです」

「ちょ……ちょっとなら……いいですよ？」

「やった！」

「でも！」

座り込んでる袴田君に人差し指を突きつけた。

「エッチなことしちゃダメですからね？」

「…………………………………………………………はい」

　にっこり笑顔ですっくと立ち上がった袴田君は、「じゃあ立ち話もなんなんで」とまさかの自前のスペアキーで鍵を開けていた。

　先に玄関に入った袴田君は置かれた段ボールを見てにやって……ああ‼　やっぱり中身知ってるんじゃん！　と思ったけど、もう身バレしてるしな……でも恥ずかしいからダメ！　って箱隠す！

「家の中のものは見てませんって言ってたくせにぃ！」

「わざと見たんじゃないですよ。偶然飲み会のあとに家まで送ったら尾台さんが転んで、箱の中身が出たんです。その時に尾台さんが、にゃんにゃんさんだって気づいたんですよ。こらこらそんな威嚇しないの」

　箱の前に立って、むぅ！　ってしてたら、袴田君は頭ポンポンしてきて中入っていっちゃった。

「ちょ、ちょっと待ってよ‼　ここ尾台さんち‼」

「ああ、そうでした。ただいまお邪魔します」

「どちら様ですか！」

「王子様です！」

「⁉」

「間長すぎィ‼」

草食王子様は部屋を見渡すと鞄を下ろして、「お茶淹れます」って言うけど、一応お客様なんだし、私がやらなきゃとキッチンに向かった。

とりあえず電気ケトルでお湯が沸くまで時間がかかるから、なんかないかなって冷蔵庫の中ゴソゴソ。

「あの！　ここここコレ!!　種ないしすっごい甘いから、よかったら食べたっていいですよ!!」

テーブルの前で正座する袴田君にドンッて洗って半分に切った巨峰置いたら、黒縁の眼鏡君は艶々の果実を見つめていた。少し頭を傾けて袴田君は言う。

「葡萄……？」

「え？　何？　嫌い？　葡萄アレルギーとか？　ジベレリン処理が人体に及ぼす影響とかが気になる？」

「いえいえ違いますよ、あの…………」

「あの？」

袴田君は一粒取ると唇に当てた。

「尾台さん、果物なんて一人で食べきれないしすぐ腐らせちゃうって、普段買わなそうだから……俺のために買ったのかなって思っただけ」

「そんなわけないでしょ!!　傲慢すぎて片腹痛いわ!!」

「何尾台さん、そんな緊張しなくていいから。座って一緒に食べましょうよ。もっとくつろいでいいですよ」

「こ　こ　わ　た　し　の　い　え!!」

「そうですね、俺の家はもう少し広いです」

「キィイ！」

袴田君、私見てケラケラ笑ってる。

「そうやって歯見せて怒りを表現する人って、本当にいるんですね。実家の犬がよくやってましたよ。ソックリです」

「え？　袴田君犬飼ってたんですか」

「はい、チワワ」

「あっちいけ！」

「いやです、俺今葡萄食べてますから」

ムカつくけど、はいこれ皮入れ！　って小皿渡したら、袴田君はぺこって頭を下げてちゅっと吸った葡萄の皮をそこに入れた。思わず声漏れる。

「…………ひぇ」

「なんですか」

え、ちょっと待って、なんかアレ、直視できないんだけどなんで。袴田君葡萄食べてるだけなのに、何、なんなの。

人が、葡萄を、食べている、だけ、なのに、ワナワナしてくる。

ほら座ってって手引っ張られて、とりあえず隣に私も正座。

固まってたら、どうぞって葡萄口に入れられた。　男女が正座して無言で葡萄食べてる状況……やだ変な感じする！　会話！　会話‼

「あ、あの、人様の家に行ったら、皆こんな感じなんですかね？」

「どうですかね、よそ様の家で葡萄が出てきたのは、おばあちゃんの家に行った時以来ですかね」

「お、おばあちゃんち⁉」

「美味しいですよ葡萄。俺のために買ってきてくれた葡萄。尾台さんが俺を想いながら品定めしてくれた葡萄。しかも種なしの葡萄。今まで食べた葡萄の中で一番美味しいです」

「そ、それはよかったです。べつに袴田君のために買ってないけどね」

「まあ、尾台さんがくれたものなら、なんでも美味しいですけど」

柔らかく笑うからびくってなっちゃう。口もごもごさせてたら、長い指が私の口に入ってきて、皮を取り出される。それでまた新しいのを口に入れられたあと、袴田君はその指を舐めた。

「そういうのダメ！　袴田君！」

「ん？　なんの話ですか。こんな美味しいのに尾台さん気使って食べないから、あげただけなんですけど」

「でもだって」

「じゃあいらない？」

するっと後頭部に手が伸びてきて、反対側の手で下唇押さえられて、顔を少し上向かされる。袴田君がドアップになったかと思ったら、皮のついた葡萄を舌で掬い取られた。

「あ、袴田く」

「やっぱり食べたいの？」

見下すような目で聞かれる。何これどうしてこれ、いつの間にエッチな空気になってるの!!

「だってそれ私の……」

「じゃあ返しますね」

袴田君が少し口を開けると、黒い葡萄が見えた。

顎持たれたままで閉じられなくて、生温かい葡萄を口の中に受け取る。

「んッ」

「尾台さんほんと好き」

見つめ合って食べてたら、袴田君が目を瞑った。

うん、やっぱり唇重なっちゃって、巨峰取られて噛み潰されて、中身だけ口に戻ってきた。

ありえないいくらいドキドキする。唇離されて灰色の目が瞬きしたのを見たら、他人が口に入れたものなのに勝手に呑み込んでいた。

「ぁ、んぅ……」

「可愛い、俺の尾台さん」

舌なめずりしてる袴田君、なんだか色っぽくて恥ずかしくって、体を押し返す。唇拭って余裕な感じがムカつくから、ちょっと睨んでおいた。

「袴田君は……その……好きな人にこういうことするんですか」

「さあ？　好きな人がこの世で尾台さんしかいないので、わからないです」

……無理、もう限界ですって袴田君の膝に倒れ込んだ。袴田君は笑いながら葡萄の皮剥いて、次々食べてる。たまにくれる。

「ふ、ふ、ふ。尾台さんの必殺、もうお家に帰る！　ができなくて残念ですね」

「あらあらお馬鹿な袴田君。私には秘技、もう実家に帰る！　があるんですよ」

「わーい、お父様とお母様に挨拶しちゃお」

「やめて！」

膝叩いても袴田君の意地悪フェイス崩れないよ。

怒っちゃってるんだけどでもちょっとあの……この少しの間でいろいろあって……本当はお礼も言いたくて……強がりつつ、どっかのタイミングで言いたい……

この間の葛西さんのことも……って、そういえばちょっと引っかかること言ってたのを思い出した。俺のが格が上とかなんとかって。服クイクイ引っ張って聞いてみる。

「あの、袴田君ってすごい人なの？」

「ん？　どうでしょう、すごくはないけど、そこそこ顔が利く人です」

「顔が利く？　そんな人がなんで、ＧＤＣで総務してるんですか？」

「こっちに移る前に自分の進退について考えていたんですよ。その時ちょうど、ＧＤＣの総務部に出向する話が来たんです、会長直々に」

「うん」

「ＧＤＣの成り立ちにかかわってくるので、少々長くなるのですが……」

袴田君は眼鏡を直してから大きく息を吸った。

「ＧＤＣは、元は三神企画の役員数人で始めた事業を、近年独立させてできた会社です。映像の代理営業を主力として売上げは順調に伸び、従業員は増えていきました。けれど、事業を拡大することばかりに力を入れていて、組織的な部分はほとんど手つかず。人事も経理も社長がしていたり、社長の手に負えなくなると営業事務がしたりしてました」

確かに、入社して何年かは私も経理みたいな仕事させられてた。うんうんって頷いて先促す。

「初めのうちは事業を大きくするためだと、皆雑務も進んでやっていたのですが、新たに入社した人から『時間はたくさん取られるのに頑張っても給料に反映されない』って不満が出てたんです。でも、上の人間は独立時からいる者ばかりなので、『自分たちだってやってた』と譲らない。状況は変わらずで、若い人の離職率も高かった。三年前、グループ全社で社内調査アンケートを行いました。その結果職場環境に対しての不満が一番高かったのが、ＧＤＣだったんです。三神企画の社長と会長は事の重大さに気がついて、ＧＤＣの職場環境改善と組織改革を三神企画主導で進めることにしました。そこで、担当部署がない案件をすべて請け負うための部署を立ち上げるべく、二年前に送られたのが、俺たち現総務部のメンバーです」

なるほど、そうだったんだ。詳しい話は初めて聞いた気がする。

「……というわけで、俺たちは親会社である三神企画の会長から、ＧＤＣの社内環境を悪化させる原因を取り除く権限を与えられてるんです。そういう意味で『顔が利く』んですよ」

「ほー…………」

そう言われてみれば、いつの間にかわからないことは全部総務にってなってたっけ。

新卒でうちの会社に入って比較対象がなかったから、不満すら感じてなかった。でもそうだ。袴田君が来たあたりから新たな人事考課が導入されて、急にお給料が上がったんだよね。うん、袴田君たちが来てから、うんと働きやすくなった。

「そっか。感謝してます、袴田君」

「いえ、仕事ですから。従業員の仕事の効率を向上させるため職場環境を安定させるのが、俺たち総務の役割です」

「おー！　イケ眼鏡」

袴田君は眼鏡を直してキラッてさせた。

ああそうだ、この流れでこれも聞いちゃお。膝から袴田君を見上げる。

「そーいえば袴田君って、なんで私を好きなんですか？　っていうかいつから？　私たちあまり接点ないじゃないですか。〝にゃんにゃん〟が私って気づいてからですか？　ってことは、ＧＤＣ来てから？」

「ん？」

袴田君は葡萄を味わってる。喉仏とか動いてる、顎の形綺麗、唇が濡れてる……少しこっちを見てきて見下ろす灰色の目にくらくらする。見上げるこの角度、や、ヤバすぎる。

袴田君は私の顎を押して口を開かせると、袴田君の口に入っていた葡萄をくれた。

「噛んでるところ見せて、尾台さん」

「や、ら」

丸呑みしたら、結局それでも満足そうな顔してた。

「GDCに行く前から、尾台さんの存在は知っていました」

「え？　会ったことないのに？」

袴田君は頷いて、続ける。

「社内調査です。さっきも少し話しましたけど、あれ、三神企画で俺が管理していたんですよ。それで尾台さんのことが目に留まりました」

「んん？　でもあの社内調査のメールって、無記名でしたよね？」

聞いたら袴田君眼鏡キラッとさせて言った。

「そんなの本気で信じてるんですか？　メールを受け取った従業員しか回答できないクローズドアンケートを使用すれば、個人情報の入力をしなくても『どの部署の誰が回答しているか』なんて紐づけることができるんですよ。未回答者は即時抽出しリマインドメールを配信、すべての従業員に回答させました」

「ウ、ウン。ソッカ」

「ちなみにこれはオフレコですよ。建前ではどこの会社かと……まあ調べても部署くらいしかわからないって公表してますから」

　こんな暗黒なウィンク、初めて見た。

「でも、え？　私そんな目に留まるようなこと書いたかな？　なんにも書いてないと思うんだけど…………んんん？　確かに皆は『思いぶちまけてやったわ！』って言ってた気がするけど……」

「そうですよ」

「う？」

　袴田君は私の前髪をサラリと後ろに梳(す)いた。ちょっと気持ちよかった。

「GDCの調査結果はひどいものでした。細々した要求から不満、愚痴(ぐち)、苦労話……名指しの恨み節の回答まであって、躊躇(ちゅうちょ)したほどです」

「ええ……そうなんですね。皆不満溜まってたんだ……」

「その中で一人だけ、改善点、要望、不満……それらの項目に一言(ひとこと)『ありません』と・回答していた社員がいたんです。アルバイトの子ですら、トイレが汚いとか社食のメニューの種類が少ないとか書いてるのに」

「うん」

「そしてその人は、最後の『今後も現在の職場で働き続けたいと思いますか。また職場に対して悩みや要望がございましたら、ご自由にお書きください』の質問に、『もちろん働きたいです。微力ではございますが、少しでも会社に貢献できるよう今後も精一杯尽力させていただきます。上司の期待を裏切らないよう業務に励み精進して参ります』と回答していました」

「ああ、んっと……はい」

頬を撫でられて胸がズキンとした。

「あれって本心でしたか」

「えっと……」

袴田君は抑揚のない声で続ける。

「『営業部を筆頭に上司の圧力が大きく、日常的にパワハラが横行しているように見受けられます。多くの方が離職しているし、このままでは在籍している方が転職するのも時間の問題です』『上司のいやがらせのターゲットにされた従業員の心身が病んでしまわないかと心配しています。最悪の事態に陥った場合、会社はどう責任を取るのでしょうか』……こういった内容の回答が多数ありました」

「そうですか……」

「それなのに、その人だけがまったく不満がないと回答していて、すごく気になったんですよ。この人はどこの部署の人なんだろうって。そしたら営業部の事務員さんでした。少し引っかかって調べたら営業事務の方の中に『新人が使えなさすぎて困る。指導するのに骨が折れる、時間がかかる。もっと私を優遇しろ』と回答している方がいて、営業部の力関係や人間関係が見えました。まあ営業部にかかわらず、他の部でも同じような問題が起こっていました。正直社長もどうにかしなければいけないとわかっていても、諸悪の根源が事業発足当初の面々だったので、口を出せなかったんだと思います」

「うん」

袴田君は私の手を握って眼鏡の奥にある灰色の目を細めた。

「俺は尾台さんのメールを見たから、GDCの総務に行こうと決めました」

「うん」

「この人を助けてあげたいって思ったんです。確固たる証拠を集めるのに意外と時間がかかってしまって、すみませんでした」

「そっか……」

コロンと袴田君の膝の上で横を向いたら、勝手に涙が袴田君の服に落ちてしまった。

三年前、社内調査のメールが一斉送信された朝。

当時、教育係として私の隣の席にいた葛西さんは、横目で私を見て言った。

「尾台さんは、うちの会社に不満を持てるほど仕事をしてないわよね」

と。私はすぐに「はい」って答えた。皆もそれを見ていた、誰も何も言わなかった。

監視されながら震える指でメールを返信した。

「袴田君……」

「はい」

「メールを読んでくれて、ありがとう」

「いえ、仕事ですから」

「助けに来てくれて、ありがとう」

「はい、間に合ってよかったです」

優しい声がさらに涙を誘ってくる。唇ふにふに触られるけど素直になれなくて、ちょっと歯立てとく。

「尾台さん、しょっぱいの呑ませて。ディープキスさせてください。俺にも涙呑ませて」

「やだ、やだやだ」

「この小さい胸がいっぱい痛かったんでしょう？　俺が甘くしてあげます」

「小さいが余計だし、甘くなんてなんないから！」

顔横に向けてたら、正面向けってされてるんだけど、無理でしょ！　絶対赤くなってるし、顔見られたくない！

「ダメ尾台さん。俺がしたいって言ってるんだからさせて？」

「何その権限‼」

「俺はなんでも尾台さんの初めてをもらいたいんです」

いやいやしてるのに袴田君の唇近づいてきて、口の中に舌入れられた。

「あ……んん、でも今ほんと、に……いっぱい、いろんなの考えてたからぁ」

片手で顎持たれたまま顔離れたら、袴田君が真上にいて怯む。

「眉間にしわ寄ってます」

「だって……」

「尾台さんが元気になってくれて嬉しいです。でも、一つ悔しいのは、喜ばしいことですけど、今営業事務さんの中で一番仕事できるのが尾台さんだってところですよね。葛西さんはいやな上司だったかと思いますが、ちゃんと尾台さんは育っているっていう」

「え？」

「先方を不快にさせないで納期遅延になっている案件を催促するメールや、低姿勢に見せながらも相手に実権を握らせずに、こちらの不備を謝罪するメールの文面を作れるのは、尾台さんだけですよ」

「なんの話？」

「〝尾台テンプレート〟ですよ。尾台さん知らないの？　尾台さんが送るメールって言い回しが秀逸すぎて、社内でテンプレート化されてるんですよ」

「……う？」

「尾台さんが仕事熱心で気配り上手って証拠ですね」

ちょっとちょっと待って。え、何？

「その尾台なんとかって？」

「俺が初めて尾台テンプレートに出会ったのは、上に報告書出すの忘れてて、どう取り繕おうかと悩んでた時です。たまたまいた事務さんに教えてもらったんですよ。あれはきっと、営業さんが納期を勘違いして遅れた時に尾台さんが代わりに送ったメールなんですけど、メール文からは土下座レベルの申し訳なさが伝わってくるのに、一日待ってくださいってやんわり言ってて素晴らしかったです。半日じゃなくて丸一日待ってくれってとこが最高でした。速攻パクりましたよ」

「そんなの初めて聞きました」

「はい、皆も言えなかったんだと思います。尾台さんが頑張っていて優秀なのはわかってても、尾台さんを褒めたら上司の葛西さんの手柄になるじゃないですか」

「そういうもんかな」

「周りももどかしかったでしょうね。同じ事務員さんも自分が標的になるのが怖くて庇えないって言ってましたし、営業の面々も強く出られなかったみたいです」

「私はべつに皆を責めてないですよ。辞める勇気もなかったし葛西さんに言う勇気もなかったけど、味方してくれてる人もいたし……びしっと言えるなんて、袴田君本当にすごいですね」

「まあそれは俺のほうが怖い存在だったってだけですよ」

「え？　そうなのやだ恐怖！　どういう理由で？　怖いからこっち来ないで」

「親会社から来た人間ってだけで皆ビビるでしょ？　ほら尾台さん、そんなに怖いなら眼鏡(めがね)外しましょうか？　その分キス深くなるの覚悟してくださいね」

「ダメ！」

「ふふ。尾台さんとこんなイチャイチャできるなんて、俺幸せ」

眼鏡(めがね)外そうとしてるから下から両手で押さえる。何、この攻防。

「…………うん」

「え？」

なんか自然と頷いちゃって、袴田君キョトンってしてる。もうしょうがないから開き直るしか！

「素直だから驚いた？　だって、明日仕事なのに、楽しい日曜日が過ごせて幸せなんですよ。先週までは、休みのために仕事して……でも休みになると月曜日が怖かったから」

「尾台さん………」

「なんですか」

「抱き締めていいですか」

「う…………え、えっちなのじゃないなら」

袴田君は笑って頷いた。にやっじゃなくて、朗らかな笑顔。

脇に手を差し込まれて引き上げられて、後ろからぎゅってされる。袴田君は私の肩に顔を埋めてた。あ、これ顔見られないからいい感じ。

絶対落ち着く～って口元だらしなくなってるもんな、袴田君の匂い好き。体あったかい。

袴田君はポツリと話し始めた。

「小さい頃、姉の影響で俺もマジクロを見てて、小さな体でどんな強い敵にも立ち向かっていくラブリスの姿に、勇気や希望や、いろんな感情を抱いていました。大きくなってから、恥ずかしいですけど、俺の初恋は魔法少女だったことに気がついたんです」

「恥ずかしくないと思います！　私も初恋はオニナンダが人間になった姿だったし」

「あ、ちょっといらっときた」

「アニメのキャラに嫉妬しないでください」

服の上から肩カプッて噛まれる。私もお返しに袴田君の手を噛み返した。

「それに気づいた時、たまたまテレビでアニメイベントの特集をしていて、そこに尾台さんがコスプレした姿が映っていたんです。一瞬ですけどね」

「生き写しのラブリスが目に焼きついて、すぐににゃんにゃんさんに辿り着きました。そこからにゃんにゃんさんが参加するイベントに顔を出すようになって、いっぱい写真を撮ったんですよ。最初ににゃんにゃんさんを撮りに行った場所が、今度の合同企業説明会の会場です。感慨深いですね」

「おお……！」

袴田君はポケットから携帯を取り出すと、私のコスプレ写真を見せてくれた。

「わあ！　本当だ！　そっか、この写真……そうなんだ……あの、いつも無口だけど私しか撮らないって言ってたカメラマンさん……」

ぱって昔の記憶がよみがえった。全然気づかなかったよ……

「そう。だからにゃんにゃんさんが突然消えてしまった時は、茫然自失で何も手につかなかったです」

「あう……ごめんね？」

肩口に頬を擦りつけられて申し訳ない気持ちになっちゃって、お腹で交差する袴田君の手を握った。

「いいんです、尾台さんは悪くない。むしろにゃんにゃんさんを守るのがファンの役目だったのに、あなたの居場所を守ってあげられなくてごめんなさい」

「そんなのは……袴田君が気に病むことじゃないよ」

「尾台さんがにゃんにゃんさんと繋がったのは偶然だったけれど、今度は俺、ちゃんと尾台さんを守れましたか」

「…………袴田君」

「好きです。本当に、ずっとずっと昔からあなたのことが好きでした」

胸ズキズキくるくらい好きって言葉響いちゃって、なんなら泣きそう。

ぐって涙堪(こら)えてたら、ふと思い出しました。

「あ、そうだ。お茶淹(い)れなきゃいけないんだった」

「いいですよあとで。俺はもう少しこうしてぎゅってしていたいです」

「そ、そうですか」

「はい」

「…………」

「…………」

私の部屋は袴田君の家と違っておしゃれな曲もかかってないし、間接照明でもないからムードないけど、これはこれでのんびりしてていいな。

……って思ってたら、あの……はじめはよかったんだけど……無言でずっとくっついてるの、だんだん意識してきちゃって……

だって私の背中と袴田君の体密着してるんだよ！　好きって告白されたし（いつもの

ことだけど)。

……ん? あれ? お尻に何か当たってないよね!?

無理! やっぱダメ緊張する!!

そしたら肩のところに額をつけてじっとしていた袴田君が、ゆっくり顔上げて髪越しに耳にちゅってしてきた。

「ヒッ!」

「ふふ」

笑う息直に入ってくる、やだ!

「ちょっと袴田君!」

体離そうと思ったら、ぐっと腕に力入れられて動けなくて、腰に響く声で耳をくすぐられる。

「絵夢………」

「ひぃあ!」

いきなり名前呼んでくるから鳥肌立ってしまった。

「な、な!! なんで急に名前呼ぶ!? 意味わかんない!! 反則です!」

「尾台さんのこと考えてたら呼びたくなっただけですよ。絵夢って可愛い名前じゃないですか」

「えっと…………はい、それはありがとうございます」

絵夢って名前自体は気に入っているので素直に嬉しいです。

「大きな夢を描けるように、とか絵に描いたような夢のような世界で生きられるように、とか考えられる奥行き深い名前ですよね」

「ふぁ！　そんなふうに言ってくれるの、袴田君が初めてですよ。まさにそんな感じの由来です。あともう一つ」

「笑うの『笑む』とかぶせてるんですか」

「へへへ、そうですそうです。名前負けですけど」

「負けてないですよ、尾台さんの笑った顔、俺大好きです」

そう言って頬にたくさんキスしてくる。もう！

「そういうのいいってば！　あ、そっか。あの飲み会も私が名前弄られてる時、助けに来てくれたんですよね」

「はい。尾台さんがエムなの？　って聞かれてて」

「名前………好きなんですけど、そこ突っ込まれるから困るんですよね。私エムじゃないのに」

「は？」

「え？」

ちょっと何？　袴田君目見開いてびっくりしてるけど、なんで？

「いやいやいや、尾台さん名前も性癖もエムじゃないですか」

「んん？　確かに女性が攻められてる漫画は嫌いじゃないけど、べつに感情移入して読んでるわけじゃないし」

「感情移入しないで、どうやってドキドキしてるんですか？　何視点で読んでるの？　枕とかコンドームとかティッシュ視点？」

「いや意味わかんないから」

「だって男視点じゃないでしょう？」

「ほ？　ああ、男視点……ていうのは考えたことなかったですが」

え？　あ、あんまそういうの深く考えてなかったや。そういう本ばっか携帯に入ってるけども、あの……この話もうやだな。

「尾台さん」

袴田君、改めて呼んでくるからビクッてする。

「は、はい!!　なんですか？」

「ちょっと、『らめぇ』ってさせてみていいですか。漫画の中で女の人が気持ちよくなって言っちゃうやつ、尾台さんも言ってください」

「は？　やだよ」

「だってほら、ちゃんと理解しないと、尾台さん真面目だから他の人に聞きに行きそうで怖いんですよ。『私ってエムですかね？』って真剣な顔して」

「行かないし！」

「それで実践された挙句開発されちゃったら俺死にたくなるので、ここははっきりエムだって自覚してもらっていいですか」

「いやですよ！」

「わかりました！」

足、べしってしてしたら頷いたから諦めたかと思ったけど、うん、やっぱりそんなわけないよね！

袴田君のおっきな手がするっと頬に伸びてきて、また耳に唇が近づいてきた。

「好きだよ尾台さん」

「あっ……ん、そういう声ヤダってばあ‼　私今、チョロさ五割増しなんだからやめてください！」

「どうしてチョロさ五割増しされちゃったの？　俺が好きになっちゃった？」

「ちがっ……あ、違くない、いや違う」

「素直になれない尾台さん大好き」

袴田君お腹のあたりさわさわしてくるんですけど！

「何、袴田君。えっちなのしないって約束しましたよね!?」

「大丈夫、俺はえっちなのしないから。尾台さんが自分でするののお手伝い」

「え、自分でするってなっ……あんっ！」

髪を耳にかけられたあと耳の中にくちゅって舌が入ってきて、体が跳ねた。あったかい吐息が入ってくるのと一緒に粘着質な音が聞こえてうぶ毛が濡らされてゾクゾクする。

勝手に体がくねくねしちゃうのやだ……

「尾台さんって、耳だけでいっぱい濡らしてそうですよね」

「んんっ……濡れな、ぃい……」

「そんな脚もじもじさせてるのに？」

「してないって、ばぁ！」

「俺にされたらなんでも感じちゃう？」

「んんっ……」

「俺の声好き？」

「大っ嫌い!!」

「ありがとう、もっと聞かせてあげる」

「やだぁ」

「ねえ尾台さん結婚しよ？」

「す……もうそればっかり！」

全然言葉通じないからこの総務の人ぉ‼

好き、好きって何度も耳の中で言われて頭の奥が痺れてくる。

軟骨噛まれて耳たぶしゃぶられて、耳ばっかりずっとされてゾクゾク止まんなくておかしくなりそうだった。顔も体も熱いし、もう声止まらなくなってる。

「汗かいてきましたね、いい匂いします」

「そんな、の袴田君が意地悪するからぁ」

振り返って顔見たら、ほらやっぱり意地悪ににやにやしてる！

「だってえっちなことしちゃダメって約束しちゃったから、尾台さんのゾクゾク止めてあげられないんですよ」

「ばか！」

睨んで自分から唇を寄せたら、袴田君はすぐに深いキスをしてくれた。唇を割られて袴田君の舌入ってくる。柔らかい気持ちいい、いっぱい欲しい。

キスの仕方なんて知らないのに、口が勝手に何度も袴田君と交わってる。

私の口の中から水の音がしてて、頭溶けて体どんどん言うこと聞かなくなってく。

やだ、しっかりしなきゃって思ってる自分と、もっとしたい自分と……うん、もう理性保てなくなってる。

　だって、袴田君とキスすると胸きゅんきゅんして、抑えられなくなるんだもん。

「袴田君袴田君」

「なんですか」

「えっちなの、ちょっとだけなら許してあげる」

「ありがとうございます、じゃあちょっとだけ……」

「うん」

「でも俺まだキス足りないから、もう少しさせてください」

「…………うっ」

「口開けて、舌出して、今度は尾台さんから俺の中入ってきて」

　袴田君が口開けて待ってて、急に息の仕方わからなくなる。恥ずかしくなって舌震えちゃって恐る恐る唇に触れたら、ちゅるっと吸い取られた。袴田君の口の中って意識したら、もっと胸ぎゅってくる。

　それでぎゅって抱き締め直される。息吸えないくらい力強いけどいやじゃないの。しかもなぜだかちょっと泣きそうだ。

　袴田君がしてくれたみたいに私もいっぱい口の中舐めてみたけど疲れちゃって、じっとしてたら舌噛まれて吸われて、ふわふわする。

「尾台さんって本当になんでも一生懸命で、可愛い」

「袴田君、気持ちいい？」

「はい、俺も尾台さんもっと気持ちよくさせたいです」

「ひゃっ！」

大きな手がいきなり両方の胸を鷲掴みしてくるから、声が出た。

「心も体も、もっと癒してあげたいです」

後ろから抱っこされたまま、服の上から形がおかしくなるくらいたくさん胸を揉まれてる。

私の頭のちょっと上で荒い息遣いが聞こえてて、たまに名前呼ばれて髪にキスされて、どうしたらいいのかわかんないから、私はずっと袴田君の膝なでなでしてる。

「袴田君袴田君、おっぱいやめてもらっていいですか」

「ふわふわで柔らかいです」

「感想聞いてないです」

ドキドキすごくて恥ずかしすぎて、袴田君見上げたら掬うようにキスされた。

すぐ舌が入ってきて、ディープキスになって思考鈍る。

厚い舌が上顎を舐めてきて、やめてって言ったくせに私も必死に応える。唇が離れても舌擦ってるの見せつけられて唾液を呑まされた。

これ、エッチの時にするキスだってわかってるのに、袴田君に見つめられながら唇を舐めてられたら、また素直に口が開いてる。

キスしながら体中撫でられた。肩触られてるだけなのに気持ちいい、腕って性感帯なの？

勝手に体が袴田君に擦り寄っていって、いっぱい匂い嗅ぐ。目が合ったら、袴田君ちょっと困り眉だった。

「尾台さん、無自覚で誘いまくりじゃないですか」

「だって体変なんだもん」

「絶対他の男に聞きに行っちゃダメですよ」

袴田君の顔見てたらなんか意地悪したくなってにやってする。

「ねぇねぇ袴田君」

「はい」

「私ってエムですかね？」

「…………」

ピクッて眉間にしわができた。袴田君眼鏡直して睨んできて、噛みつかれるように唇が重なった。すぐ舌が伸びてきて口の中のもの全部吸い尽くされて息苦しくなるくらいかき混ぜられて、頭がクラクラする。

キスしたまま大きな手が服の下に潜り込んできて、直にお腹を触られる。おへその周りを指がなぞってきてくすぐったい。ムズムズして抵抗してたら服を捲られて、黒いスポーツブラが現れた。やっぱ、いまさらになってこんな色気ない下着って恥ずかしくなる。

「見ないで見ないで」

「ん？　いつもと違いますね、この下着」

「あの……ヨガの時に着けてるの……パンツと色合わせたほうがいいのかなって」

「ああ……なるほど、こっちのほうがすぐ胸が出ていいですね」

ノンワイヤーだから引き上げられただけで簡単に胸が零れる。心臓ばくばくだ。

「んん……！」

袴田君の手大きいから、胸収まりすぎてて辛い。しかも優しく揉まれて、またもじもじしてきたたし。

「胸……胸なんだかおかしくなるの、なんで？」

「尾台さん一人でする時、ここ弄ってないんですか」

「だって……よくわからないし……」

「へぇ」

袴田君は私の手を取って胸を触らせてきて、親指で乳首を弾く。間近で見せつけられていやなのに、ゾゾゾッて背筋に快感が走った。

「ひぁ」

「ね、いい声出る。気持ちいいでしょう？　まあ俺がしてるからだろうけど、尾台さんおっぱい大好きな子ですよ。普段はエロ漫画見て感情高ぶらせて、下弄って イッて満足でしょうけど。セックスってそんな淡白なものじゃないですから、じっくり私はエムって自覚してくださいね」

「ちょっと待っ、うぁぁ……ん」

耳くちゅくちゅされながら言われて、思わず頷きそうになった。

袴田君に手添えられて乳首自分で摘ままされて、やだって横向いたらキスされる。

「ほらここ、こんなに硬くなるんですよ？　本当は口で舐めてもらいたいでしょ？」

袴田君と一緒におっぱい弄ってるって何コレ、体おかしくなりそ……

「やだぁ」

「切なそうに勃って、舐めて舐めてってしてる」

「してないですう！」

「でも、これじゃもどかしくないですか」

きゅうって先摘ままれる。袴田君とピッタリ背中くっついてて、逃げたいのに逃れられなくて、泣きそう。いっぱいいじめられて、声ばっかり出る。袴田君が手で私の口塞いだ。

「アパートって声響きやすいから、少し音量下げて？」

「だ、って」

「ああ失敗した。うちに連れて帰ればよかった」

端整な顔には似合わない舌打ちが聞こえた。でも乳首きゅってするの、やめてくれない。

口の中に指突っ込まれてかき回されて、唾液で濡れた指が胸の先端に触れる。

「これでちょっと我慢してください」

言い終えた瞬間キスされてぬるぬるの指で乳首捏ねられて、仰け反りそうになる。必死に袴田君の舌に自分のを絡めて声我慢した。ゾクゾクすごくて勝手に舌噛んだり吸ったりしちゃう。

「んっふ……！　んん」

ちょっと開いた隙間から声と唾液が漏れて顎を伝う。その水滴を今度は袴田君の反対の手が拭って乳首に塗りたくってきた。そのまま摘まれて体が燃えそう。

「尾台さんの体熱いですね。これ好き？」

「体じんじん辛、い」

「じゃあ、じんじんしてるところほぐさないと」

「ん？」

じんじんしてるところ……って首傾げたら、袴田君眼鏡キラッてさせる。

「尾台さん俺のために、可愛い下着つけてきてくれたんでしょう？　見せてください」

「え……でも、あの！　それは」

「ほら、テーブルに手ついてお尻こっちに向けて」

「待ってやだ袴田君！」

「待ちません」

両手取られてテーブルにつかされて、お尻突き出す格好になってる！　早業すぎて抵抗できない。

「袴田君！　やなの！」

「どうして？　俺に見せたくて穿いてきたんでしょ？」

「見せたくてっていうかデートだから……あの……」

袴田君はカーディガンを脱ぐと、眼鏡を直した。時計を外して、ワイシャツのボタンを胸の真ん中まで開けてる。

やだ待って！　色気みたいのすごいきらきらしてる、髪かき上げないで！

「うっ……」

「どうしたの尾台さん。なんで目逸らすんですか？　本当にいやですか？」

後ろから抱き締められて、テーブルについていた手が離れる。

「あ、の……」

「ん？　ハッキリいやって言えば、俺はこれ以上しませんよ」

「んっと……だって」

黙ってたら頭にたくさんキスされて口むずむずしてくる。袴田君が顔を覗き込んできた。

「もっかいキスからしよっか」

「うん」

頭優しく撫でられたあと、向かい合わせになって触れるだけのキスをする。さっきより袴田君の体温も匂いも感じてキス深くなって、気持ちよくて頭ぼーっとする。柔らかくて甘い唇の愛撫に心が溶けそうで、また脚もじもじさせてしまった。

「ダメな感じあまりしないけど、何がいやでした？　俺、怖い言い方しました？　恥ずかしいだけですか？」

「もう聞かなくていいからぁ！」

首に抱きついてちゅっちゅって耳の下のところにキスしたら、袴田君がぴくんってする。

「何それ可愛い。いいよの合図？」

「知らないもう帰って」

「ふふ、じゃあ見ますね」

「ん」

「尾台さん、服脱ぐ?」

「だから聞かなくていいの!」

「ごめんなさい」

ちょっと怒ったら袴田君はくすって笑って、またキスしてくれた。

また舌絡ませてたら呼吸の合間に服もブラも脱がされて胸をやんわり揉まれる。いつの間にかまた袴田君にお尻向けてて、スカートに手をかけられた。

袴田君はまだ服着たままなのに、私はこれ脱がされたらパンツ一枚って恥ずかしいよ……でも今はドキドキのが勝(まさ)ってる。

私が黒いティーバックなんて穿(は)いてるの見たら……袴田君はどんな反応するんだろう。

するっとスカートが下ろされる。テーブルに上半身を預けながら後ろを見たら、袴田君は下着をじっと見て肩で息しながら舌なめずりをした。

眼鏡(めがね)の奥の灰色の瞳がぎらぎらしてる、やだ肉食の目してる!

眼鏡(めがね)を直すと、袴田君はゆっくり口を開いた。

「食べていいの?」

「ダ……ひぅ!」

目が合ったけど拒絶する間もなくお尻に噛みつかれて、体が縮こまる。

後ろ見たいけど、お尻にいっぱい優しいキスされて甘噛みされて声我慢できないから、必死に手の甲に唇を押しつけた。

歯立てられて痛いのに、お腹ヒクヒクするの。噛まれたあと舐められて吸われて、右にも左にもたくさんされて、お腹なのに心臓みたいに脈打ってる、子宮が熱い。

ぬめった舌でべろべろしてきて、水っぽい音が部屋に響いて……頭おかしくなる。

「俺の印で埋め尽くしてあげる」

「んんん……やぁ」

「尾台さんは俺のモノだから、たくさん噛ませて」

「あ、ぐッ!!」

「尾台さんの体は全部俺が汚してあげる」

「ふ、ぁあ……袴田くっ……もぅやだぁ」

「好き、尾台さん」

少し開かされた内腿に噛みつかれて体が仰け反った。

噛んだところを舌でなぞり、股に向かって唇が這い上がってきた。高い鼻が下着に当たってビクンッてする。

「鼻濡れた。ねえ尾台さん、ここすごい熱いでしょう」

「おっぱいもお尻もいろいろされて、子宮痛いくらい感じた？」

「感じてなぁ……ぃ」

袴田君は顔近づけてくると私の頬に鼻先を擦りつけて、ぬるってさせてきた。

「ほらぬるぬる」

「そういうの嫌いってばぁ」

「これ尾台さんが気持ちよくて染み出したのですよ」

「ヤッ」

「こんなやらしい下着つけて、俺の隣歩いて、こういうことされたいって考えてたんですか？」

「考えて……な、い」

舌舐めずりしながら灰色の目が見つめてきて、まだ続き言う。

「神様の前で黒い紐お尻に食い込ませて、なんのお願いしたの？」

「知らないってば！」

「俺は尾台さんと結婚したいってお願いしましたよ。毎日笑って楽しくて温かい家庭を作って頭おかしくなるくらいセックスして、尾台さんの欲を全部満たしてあげたいって」

「あ……知らない」

「そんな、の！　神様困らせちゃダメでしょ！」

「ふふ本当可愛い、尾台さん」

顔見られながらお尻のライン指先でなぞられる。ぞわぞわすごい、口の中で歯ガチガチ鳴ってる。

唇つきそうな距離ですごく熱くなった私の顔視姦されて、さっき袴田君の反応が楽しみだなんて思ってた自分を呪いたくなった。

「ねえ尾台さん。こっちも好きなんですか？　ほら、この細い紐辿ってお尻撫でると体ビクンッてさせてる、ほら……お尻の穴好きなの？」

「好きじゃない、知らな……い」

お尻に食い込む紐、指先でなぞられて変な声出た。本当にそんなとこ恥ずかしくて触られたくないのに、指が掠めるたび勝手に体が波打ってる。

「腰くねらせておねだりしてるじゃないですか」

「違うのお、嫌いなの」

「いい子だから声抑えててくださいね」

「待っ……袴田く」

ぬるぬるのディープキスされて思考が鈍るくらい口の中虐められる。助けて、気持ちいいの怖い。

唾液の糸を引かせたまま、袴田君は耳、うなじ、背中ってキスしていって腰をきゅっと噛んだ。

その瞬間、恥ずかしいけど自分でもじわって濡れたのがわかった。噛んだところ舐めたあと、唇がお尻に向かってく。お尻に食い込んだ紐を舌になぞられて谷間にたくさんキスされて、そこ触られたくなってる。

「お尻振って、してしてってしてる。よくこんな体で二十七年もセックス我慢してましたね」

「やだやだ……」

「紐ずらしていいですか」

はい、なんて言えないからお尻下がらないように突き出したら、紐の周りを熱い舌で舐め回される。

「んん……!!」

「尾台さん、こんなとこ舐められて鳥肌立たせるなんて、立派なエムですね。穴も舐めて欲しいならもっとお尻突き出して」

「や、ぁ!!」

「でも体は俺にされたくて言うこと聞いてますよ」

恥ずかしいこと言われてるのに自然と腰上がってて、お尻の紐クイッって横に寄せられる。誰にも見せたことない場所を見られて舐められて、のどから声が突き抜けた。

「ひぃあ、あ……！」

なんでそんなとこ舐めるのって疑問より、舌先の動きが気持ちいいのしか考えられなくて、お腹のとこきゅんきゅん響く。

「こんな敏感な体でエッチ大好きで、お酒飲んだらフラフラして、本当尾台さんはダメダメですね」

「な、にぃ……今そんな、の、あぁあ‼」

「ここ、触っても弄ってもないのに、こんなに滲んできてる」

お尻舐められていると袴田君の指先がつつっと前のほうに滑って、入り口を掠めたと同時に体が浮く。

彼の手が前後するたびに、下着の上からなのにクチュクチュいってて必死に声を我慢した。

「やっぱり耳だけで濡らしてたでしょう」

「濡……して、なぁい」

「尾台さんはツンツンしてても、こっちはデレデレですよね」

「してな……いってば」

「そういうとこ大好き」

するっと下着をはぎ取られて、アソコが外気に触れる。あんな紐みたいな下着でも暖かかったんだなって思った。

「ああ！　ダメッ!!」

「ふふ、尾台さんって本当に俺が大好きですね？」

「え？」

後ろ見たら、袴田君は取った下着を丸めてクンクンしてた。

「ちょっと信じらんない！　汚いよ！　気持ち悪いから本当やめて最悪!!」

「汚くないし、気持ち悪い俺に攻められて、こんなぐしょぐしょに濡らしてやらしい匂いさせてる尾台さん最高」

「ばか嫌い」

「ありがとう大好き」

袴田君は私の顔の横で下着プランってぶら下げて、にやって微笑んだ。

「尾台さん、見てここ」

「え？」

下着のサイドについてるタグをふりふりさせてくるから目を凝らしたら、小さく「袴田」って書いてある!!

「待って待って！　どういうこと!!」

「ん？　ある日の飲み会の帰りに、尾台さんが転んで水たまりにダイブしたんですよ。家に着いて着替えさせようとしたら、ふにゃふにゃになりながら下着の入ってる場所教えてくれたんです。何穿かせようか迷ってたら、こんな可愛い新品のティーバック大事そうに隠し持ってるじゃないですか。俺以外に使ったらいやだなぁっと思って水性ペンで名前書いておきました。洗えば消えますから、いい目印になるかなって」

「え……う、ん」

「そしたら、ここにばっちり名前残ってるから、あの日からずっとしまってあって、俺のためだけに穿いてきたんだなって……今すっごい胸熱中」

「ワケワカメ」

袴田君、名前の書かれたタグを舐め上げた。ちょっと待って！　これは私が思ってるより、袴田君危ない人なのでは⁉

と心のどこかで警鐘が鳴って脚閉じようかと思ったら、思いっきりお尻鷲掴みにされた。

「ヒッ‼」

「どうしたの尾台さん、尾台さんが欲しい、尾台さんのことだけ見てる袴田君ですよ。こういう男が大好きでしょう」

「ちょっと違うの！　なんかわかんないけど違う気がするの！　総務の人に相談しな

きゃ!!」

「なんですか、ここにいますよ。ねぇ違わないよ？　俺は尾台さんのドストライクのタイプですよ。この世界の誰よりも、尾台さんを愛してます。ほら少し脚開いて？　熟れたとこ舐めてあげるから」

「ちょっと！　やっ、あの！　お風呂……とか」

「散々お尻の穴舐めさせておいて、いまさら何言ってるんですか」

「そんな……の袴田君がぁ」

「我慢できないくせに……こんな内腿まで濡らしてるじゃないですか。毛までぐちゃぐちゃ」

「待って、待って！　んんんん!!」

大きな両手に無理矢理股を開かされて、脚閉じようとしても先に舌が這うから力が抜けてしまった。だってこの感触ゾクゾクきちゃう。

「可愛い。俺のせいでとろとろ。ほら尾台さんが欲しかった俺の舌」

「ヒャッ！」

温かい舌に濡れた場所を舐め上げられて快感が体中を走って、ぶるぶる震えた。のどが引きつって声も出ないくらい。じんじんしてる周り何度も舐め回されて吸われて、体わななする。

「いっぱい我慢させちゃったからエロい汁止まらないね」

「だっ……てぇ袴田君が意地悪する、か……らぁ！」

お尻のラインを優しく撫でられる。入り口を舌がにゅるにゅる出入りしてる。腰を手で固定されて動けなくて、ざらざらした舌の感触にまたお尻までひくひくくる。

「ああ、やっぱり尾台さん、あれから一人エッチしてないんですね」

「ん？」

「ほら、全然舌奥まで入っていかないですよ、怖いの？」

「知らない、してない」

「もうエッチな漫画見てもそういう気持ちになれなくなっちゃいました？」

「んんん……」

「俺のこと思い出して悶々とするのに自分じゃ弄れなくて、ここ寂しかったね」

「やだあ」

「本っ当可愛い俺だけの絵夢、いっぱいしてあげる」

自分の腕に顔埋めて、テーブルにしがみつきながらずっと喘がされて。腕、涎でべタベタなのに、そんなの気にしてられないの。だって袴田君ずっと舐めてきてビクビク止まらないんだもん。

「尾台さんのここの味まで知ってるのは、この世で俺だけですね」

「そこで、んんっしゃべっちゃ……だぁ……め」

「息かかって気持ちよくなっちゃうからですか」

「ふぁ」

指で開かれて息吹きかけられて、また奥から湧いてくる。

「やっとほぐれてきましたよ、中真っ赤で綺麗」

「見ちゃやだぁ」

「濃い涎いっぱい垂らして、俺の舌そんなに気に入った？」

「嫌……い」

「ふふ……そろそろイキたいですよね。膝もガクガクしちゃって辛そう」

「んんん！」

じゅるじゅる中吸われる。だからそれされると膝に力入らなくなるんだってば！

「尾台さんこっち向いて」

向かい合わせにされたあと袴田君が覆いかぶさって、私の顔を覗き込んできた。それで優しく頭を撫でてくれる。

「う……んん」

「ああ、顔もこんなぐずぐずになってたの。腕に歯形ついてる、痛かった？」

ふるふる頭を横に振ったらまた後ろから抱っこしてくれた。ちょっと疲れちゃって袴田君に体預けたら、頭にいっぱいキスが降ってくる。

「力抜いて俺に寄りかかってください。ちょっと休憩しましょうね。尾台さんが大好きなキス、口にもいっぱいしてあげるから」

ちゅって袴田君の唇触れたと思ったら、すぐ舌が入ってくる。

「んんっ……ぅあ……」

「口の中すごいふやけてる」

「ふぅぁ、キス……気持ちい」

「好きな人としてるキスだから気持ちいいんですよ」

「んんんんう」

舌奥まで入ってきて胸きゅんってしちゃって、袴田君の首に手を回した。

私からもいっぱいしたら、袴田君優しく応えてくれる。胸柔らかく揉まれて、目合ってにこってされたら顔あっつくなって死にそう。ううう好きって言ってしまいそう、好きだもん。

恥ずかしいのはキスで誤魔化(ごまか)した。いろんなこと初めてすぎて混乱する。でもやっぱり気持ちよくて袴田君の口にいっぱいちょうだいちょうだいしてたら、舌擦(こす)られながら言われた。

「尾台さん、ここどうされたら気持ちいいですか？」

れる。

さっきまで散々舐められてたけど、こんな思いっきり見られるの恥ずかしいし！

「い、やっ」

でも耳にピッタリ唇つけられて、低い声と吐息が誘う。

「イキたくて体疼いてるでしょう？　尾台さんの気持ちいいやり方見せてください」

「待って、いいです……そんなのしてない」

「二十七年間ずっと一人で弄ってた方法教えて？」

「あ、意外と遅いですね。それゼロ歳からじゃん！　中学生くらいからだし」

「あ、嘘！　やだ!!　じゃあ十四年間どうやって触ってきたの？」

「ダメ、こんなぐちゃぐちゃな子放って帰るとか無理ですから」

「ひう」

長い指が入り口をくちゅってなぞったあと、その濡れた指を私の口に入れてくる。

「ね、こんな濡れてるのに一人にされたら辛いの尾台さんでしょ」

「こういうのいやって言ってる！」

「ん？」

唇離したら、袴田君がちゅっちゅって軽いキスしながら内腿撫でてきて脚を開かさ

「じゃあこっちならいいの？」

袴田君はまた指で中を抉って、それを自分の舌になすりつけてからディープキスしてきた。

いやなのに素直に舌に絡んじゃう。でもだって、反対の手で耳くすぐってくるんだもん。

結局、袴田君の唾液も一緒に呑まされる。頭痺れてる間に後ろから手掴まれて、濡れてるところに持っていかれてた。

「自分でしてる時もこんな濡れてるんですか」

「自分の時……は、えっと……濡れてない時もあって」

「濡れてなくてもここ弄るの？」

おっきな手が私の手に重なって、指勝手に動かされて入り口探ってる。

「う……あ、やだあ」

「もっとよく見せて」

「開いちゃだめ」

私の手動かしてるのと逆の手で、にちゃって開かれた。濡れて光ってるの自分の指なのに興奮してくる。

「すごい綺麗。こんなの見てたら舐めたくなるでしょ？　てらてら光ってて、みっちり肉が詰まってて中なんてまったく見えないの。口の中うずうずして舌ねじ込みたくなるでしょ？」

「ぅぅう……ぁあ……ならなぃ」

小さな穴一緒に突かされる。こんなのしたことない。

「ほらまた出てきた」

第一関節まで指入れさせられて抜いたら、こぽってぬるぬるなの垂れてくる。

「いやぁ」

「こんな濡れやすい体で平気ですか。今度から俺見てるだけで濡れちゃうんじゃないの？」

「濡れない」

「濡れてよ」

ぬぷぬぷ入り口突かれて、腰引きたいのに袴田君密着してるから逃げられない地獄。

「やだぁやだ！」

「わかったわかったわかりました。暴れないで？　ここだけじゃイケないって素直に言ってくださいよ」

「え」

「尾台さんはこっちでしょ？」

じっとり濡れた指先を入り口から上げられていって、敏感なところに触れたら声我慢できなかった。

「あ、んんん‼」

「クリトリス、さっき舐めてあげなかったから、触られたくてしょうがなかったでしょう」

「ああ、だめぇ」

「ちょっと触っただけですっごい鳥肌立ってる。十四年間ずっと、ここばっかり触って遊んでたの？　もうコリコリしてる」

「やぁ、それ……もうすぐイッちゃうからぁ」

「ずっと触って欲しそうにしてましたもんね？　ほら俺と一緒に擦って、もっと気持ちよくなって」

動かされてた手が離れたのに自分の指止まんない。そしたら袴田君の指も一緒になって擦ってくる。

「いつもそうやって触ってるんですか」

「あ、知らな……！　ぁあん、ひあ、あああぁ！　も、だめッ……」

そんな同時にされるなんて快感知らなくて、すぐゾクゾクッてお腹のとこ疼いてイッてしまった。

「もっともっと尾台さんの頭気持ちいいだけにさせて」

「え、何……袴田くッ!!」

「そんな皮の上からじゃなくて直に触って悶えてる尾台さん見せて？　一人エッチじゃないんだから、一回イッたらおしまいじゃないですよ」

「ちょっと待って！」

でも袴田君、待ってくれない。毛のとこきゅって引き上げられたら真っ赤な部分が顔を出して、太い指がそれに触れる。

「ひゃあああん！」

少し当たっただけなのに、イッたばかりだから？　感じたことのない刺激に悲鳴みたいな声が出た。

「大きい声ダメ尾台さん、キスしてて」

「無理、無、理ぃ……袴田君こんなのイケなっ」

「でもこんなにぱんぱんに膨らんでるし、中からトロトロ出てますよ」

擦られて、声が出そうになったらキスされて、頭おかしくなりそうで袴田君の膝ぎゅって掴んだ。

脚閉じようにも長い脚が絡められてできない。ぬめった指に摘まれて捏ねられて頭の奥が快感で痺れた。

「待っ……あぁあ！　またキちゃ……やだ、止まんな……」

「抵抗できない状態で弄られるの気持ちよくてクリトリスたくさん擦られて充血させて、首振っていやいやしながらイッちゃっていいですよ。ドエムな絵夢ちゃん」

「ヤッ……‼　だって、体勝手にイッちゃうからぁあ！　手止め」

「止めない」

キスされて、もう頭おかしくなって、すごく激しく袴田君の口の中を舐め回した。口の中で声いっぱい出して舌吸ってたら下半身の袴田君の指激しくなって、もう限界って脚ガクガク震える。

「…………あ、ぁあぁ……」

「あっついね、汗いっぱいかいてる。気持ちよかったですか」

放心状態で頭回らなくて、開きっぱなしの口にまた袴田君はねっとりキスしてきた。

「ぐじゅぐじゅになった中犯して、もっと頭の中、俺だけにしてあげる」

ぎらって光ったその目はもう肉食とかそういうレベルじゃない。

力の入らない体を横抱きにされる。袴田君はキスしながら私の手をまた濡れてるところに持ってった。

「袴田君……ちょっと待っ……私まだぁ」

「今したほうが気持ちいいですよ、ほらここに指入れてください。ぬぷって入るから」

「ぅ……ああ、こういうのやだってばあ」

「体震えてる、大丈夫ですよ痛くないから」

袴田君はそう言って、私の中指ゆっくり沈めてくる。

「ふっぅ……んんぅ……痛、くな、け……あっあ」

「すごい肉詰まってるでしょ。キツいのに柔らかくてぬるぬる」

中は袴田君の言うとおりの感触で、羞恥心と快感とで最高に体熱くなる。

袴田君は反応見ながら、添えてる手を動かしてきた。

「ぷにぷにしてる奥に、感触違うところあるのわかります？」

「そんな、のわかん……ない、よ……あっ……あん」

「指曲げてみてください」

「ん、ぅんん……あぅできな……あん」

「ほら、あうあうしてないで指動かして」

だってそんなこと言われたってやり方わからないし……袴田君なんか冷たいし。

「袴田君、これ……嫌ぃ」

「待って、泣かなくていいから。じゃあ一緒に」

泣くつもりはなかったけど、ちょっと唇噛んで見上げたら、袴田君は体を抱え直して目と口にキスしてくれた。長い中指を舐めて、入ってる私の指に沿ってくちゅっと中に入ってくる。

「ひっ……ぁう……」

「いっぱいほぐしたから痛くないでしょう？　ああ、こんな浅いところ弄ってたんですか、全然ダメですね。尾台さんの気持ちいいところはここじゃなくてもう少し奥の……」

指一緒に連れてかれて、ぐって一点押される。

「こ　こ」

「ああっ！　やっ……ああ!!」

指の腹でざりって中擦られて、急な快感に腰が疼いて痺れた。

「このザラついてるとこ奥から擦ってあげると、口から涎漏らして可愛く鳴くんですよ」

「やだ、しないぃんん！　あ、あ……やだあ変」

「ねぇ指動かしてイクとこ見せて？」

「ダメダメ……だっ、てえ、あん……も……イッ」

「すごい締まる。ずいぶんクるの早いですね、耳も舐めてあげる」

「ヒッ!!　ダメ！」

家だから？　いっぱいお尻舐められたから？　たくさん弄られたから？　よくわからないけどちょっと刺激されただけでもう熱溜まって、体イキそうになってる。

「ごめん尾台さん。やっぱり手抜いてください激しくしてあげたいから」

「激し……？」

「手、邪魔」

「ひどい！　っつ……アッ！　あぁん!!」

指抜いた瞬間グリッと強く擦られて、快感が中から腰に響く。袴田君の長い指がいっぱい出入りしてて気持ちよくって、勝手に脚が震えてくる。

「アッ!!　ぁあぁ……んんん!!」

ぐちゅって粘着質な音が激しくなっていったら、ぎゅうってお腹に力が入って……頭の中真っ白。

「イッちゃった？　中きゅんきゅんしてますよ、蕩けちゃって気持ちよさそうな顔。このままもう一回ここでイカせてあげますね」

まだ入ったままだった指また激しく動かされて、刺激強すぎて腰がくねる。

「やっ……無理だからぁ！　今……イッああん！　力入んなっ……ひぃあ、あ！」

「力入れてなくていいですよ。尾台さんは目瞑って快感探って、出したいモノ出せばいいだけ」

「ああ！　袴田君……袴田くっ……んんっ！」

部屋の中に私の声とくちゅくちゅ粘膜擦る音が反響して、イッたばかりでビクビクするお腹また熱くなる。体がこんなになるの知らなくて、気持ちいいのに怖くて、袴田君の首に手伸ばして引き寄せた。

「もう怖ぃ……からぁ、ゃらぁあ！」

「尾台さん可愛い、気持ちよすぎてもっと頭おかしくなって」

「あんあっ……袴田君これぇお腹のとこ……ぅぁあへんな……のぉ」

「うん、いいですよ、それ出して」

「え、何言っ……ひゃぁ！　強いのあ、ああや、らめぇ‼」

手の動きが速くなるにつれイキたいのと一緒に何か出ちゃいそうな感覚が上ってきて、いやいやしてたら袴田君の唇に唇を塞がれた。

また激しく舌が絡まり合ってぎゅって腕に力を入れる。袴田君も私も息最高に荒くて汗もいっぱいかいて、お腹壊れそうでいろいろ辛いけど気持ちいい。頭の中ばちばちする。

舌むにゅって噛まれた瞬間もう我慢できなくなって、下半身の熱が勝手に弾けた。

「ふぁ……ぁ、あ……やっ……止まんな、ぃ……」

「温かいの全部出して」

袴田君の手が動くたびピチャピチャ音がして、太腿に生温かい液体が垂れてくる。

でもそれが何かとかどうでもよかった。今はもう気持ちいいだけ。脚ガクガクで口から涎漏れてるけど、そんなのも気にならなかった。

「ぁ……ぁ、あ」

「いい顔になってきたね尾台さん」

「んんっ……らって……気持ち、くて」

「じゃあ今度は奥」

「今、度……？　お、く？」

脱力した体を袴田君が着てたカーディガンの上に寝かせられる。私はもう目で袴田君追うことしかできないんだけど、袴田君は腕を捲って覆いかぶさってきた。

「体中真っ赤……」

「んっ……」

頬も鎖骨も……お腹、腕、足って口づけされるたびに体が反応して声が出る。

「全身性感帯になってますね」

太腿にもキスされて、袴田君はのどを鳴らしながらまた股に顔を埋めた。濡れた内腿をじっとり舐め上げられる。

「美味しい、尾台さん味」

「袴……田くっ……んん、ダメ汚ッ」

「俺のせいでびしょびしょ。でももっとイケるよね」

至近距離で中開かれて観察されて、そんなことされたらまた濡れちゃうのに……

「もういってばぁ！」

「俺はもっと尾台さんがよがりまくってるところ見たいです」

「なッ⁉　袴田君ってドエスなの？」

「え？」

袴田君は顔を上げて、眼鏡を直してちょっと黙った。

「うーん……俺はただ、尾台さんが泣きじゃくって気持ちい気持ちいしてるところが見たいだけです」

「もうしたよ！」

「自分をドエスだとか考えたことなかったんですが、尾台さんのドエムな姿見て興奮して限界まで煽りたくなるんだから、ドエスなのかもしれませんね。気持ちよすぎて気絶する尾台さん見たい。もっとひどい言葉で罵られて喘いでる尾台さんに噛みつきたいです。うん、草食系ドエス」

「日本語なのに意味がわからないってどういうこと……草食じゃないですよその目は‼」

「ああ、この目？」

袴田君は眼鏡外して私の頭の上に置いた。顔が近づいてきて、眼鏡越しじゃない灰色の瞳があと一センチでぶつかるところまでくる。髪とか体とかふわふわ撫でられて、勝手に腰が揺れた。袴田君は超至近距離で首傾げる。

「目、怖いですか」

ちょっと不安そうな整った顔を両手で掴んでじっと眺めてみる。

「悔しいけど綺麗……吸い込まれそうな瞳」

「この目でずっと尾台さんを見てきました。誰も知らない尾台さん、もっと見せて」

「ん？……………ぅん」

また唇が重なった。優しいキスから激しくなって、首とか胸とか袴田君いっぱい噛んで痕が残る。

痛いのにそんなのが気持ちよくなってていやじゃないから困るの。

袴田君の愛撫の一つ一つに声が出た。こんなエッチな声って私からも出るんだってていまさら思う。

体を起こした袴田君はワイシャツとズボンを脱いで……うわぁああ……明るいところでは初めて見た、程よく筋肉のついた引き締まった体に目を覆いたくなる。

下着姿になった袴田君はフェロモン全開で、ふうって息吐かれるだけでクラッてした。

大きい手で私のお腹を撫でながら袴田君は言う。

「ここ、俺の形にして、俺しか受けつけない体にしてあげるからね」

「う……あ、あの……えっちするの？」

「ん？」

「その……さっきえっちなことしないって……」

だってやっぱりなんだか怖いし……

「俺とするのはいやですか」

「イヤとかじゃなくて……」

お腹を撫でていた手が顔に添えられて、頬を親指で擦ってくる。袴田君は静かな声で聞いてきた。

「まだ俺のこと好きにはなれませんか」

ここにきて急に悲しい目をされちゃって……ああ、そういうんじゃなくて！

袴田君は顔にいっぱいキスしてくる。

「尾台さん、俺は尾台さんのことこれからもずっと好きだし、あなたが本当にいやならここでやめますよ」

「うう……違くて」

「じゃあ俺のこと好きって言ってよ」

耳元で掠れた声で言われて、腰にじんじんくる。

「う」

鼻同士くっつけられて、唇舐められて、震えて……恥ずかしいからそんなことって思うけど……でもここで逃げたら好きって言えない人とエッチしちゃうのかなってなるし……いや、もう私たちはしちゃってるわけだけど。えいって覚悟決める。

「あの……袴田君」

「はい」

「なかなか素直になれなくて……ごめんね？」

「いいえ、そういうところも可愛いです」

「だって……だってさ？　私たちその……ほとんど会話のない状態から、酔った勢いでエッチしちゃって……そんな始まりだったでしょ？　だからそんなまま好きって言ったら……情が移ったとかチョロイとか、周りにもどんなふうに説明していいのかわからなくて、そんな世間体が好きの邪魔してたんです」

「はい」

手を伸ばして袴田君の頬を撫でる。真っ直ぐ目を見たらまだ瞳は切ない色をしてる。こんなに私を大事に思ってくれてる人にこんな顔させて、何してるんだろうって思った。

「人の顔色ばかり窺って、もう誰とも深く関わらないって決めたのに、袴田君はそんな私に触れてくれた。助けてくれた……」

「俺もにゃんにゃんさんの笑顔にたくさん助けられましたから、恩返ししたかったんです」

「まだまだ袴田君はわからないとこばかりだけど、でも一緒にいて楽しいし、会えないと苦しいし、隣にいればドキドキするよ……」

綺麗な唇をそっとなぞって、私からキスをした。

「好き……こんな気持ち……好き、以外にないですよね？」

恥ずかしくてチラチラ見ながら言ったら、袴田君は瞳を光らせて、「嬉しい」って深いキスをしてきた。

「こんな幸せな瞬間が来るなんて夢みたいです。大好き尾台さん、ベッド行きましょうね」

「ん？　あ、はい」

「尾台さんはキスしてればいいから」

と、唇が重なったまま抱き上げられる。ついこないだ初めて知ったディープキスなのに、いつの間にか袴田君に慣らされてて、自分から一番密着するように唇に角度つけてる、すごい……好きって通じ合っただけで、キス超気持ちいい。

ふわっと優しくベッドに体を下ろされた。袴田君は私の顔の横に手をついて言う。

「じゃあ俺と結婚してくれますか？　俺、尾台さんと一生一緒にいたいです」

「ん？　それ……やだっていう……」

「選択肢はないですね。尾台さん俺のこと好きって言ったんだから。もう尾台さんは俺のものなので一蓮托生です」

「じゃあ聞くなよ‼」

「ふふふ、ついでに言っておくと……」

袴田君はにやってして前髪をかき上げたあと、眼鏡をかけ直して言った。

「尾台さんは処女ですよ」

「え？」

え、じゃああの日裸で寝てたのとか動画とか？　事後じゃなかったってこと……？

思わず目パチパチしてたら袴田君フフッて笑う。

「だって、初めては気持ちが繋がって、見つめ合ってしたいじゃないですか。俺そういうの大事にする男なんで」

「そうなんだ」

「あの日は介抱する過程で服を脱がせただけです。あなたが暑いと言ったし服もしわになるので脱がせました……まあ、これで尾台さんが意識してくれればって、状況は利用してしまったんですけどね」

「そっか……ありがとう」

「はい、それと体中触ってたくさん匂いも嗅ぎました。少し舐めましたし、キスもしてます」

「だけじゃないじゃないですか‼　どう考えてもいやだからそれ！」

「ですから……」

袴田君が急にペロッと乳首を舐めてくるから、変な声出る。そのままお腹にキスした唇が下がって、持ち上げられた太腿を赤い舌が這っていく。入り口を舌でつんつんつつかれた。

「ぁあっ……‼」

「ここ、しっかりほぐしてから挿れるので、脚自分で持てますか」

「え？」

開かれた膝を自分で持たされる。こんな格好ちょっと待って、やだ。

「恥ずかしいよ袴田君‼」

「でも期待してますよね？　またお尻のほうまで濡らしちゃって……本当、尾台さんの理性は口だけでみっともないな」

「う！」

股の間で言われて、これ以上反論して攻められたらいやだから口を結んだ。袴田君はくすっと笑って、両手の親指で濡れたところを開いてくる。

恥ずかしいけど言われたとおりだ。エッチ……興味あるし、何より袴田君は全部気持ちよくって……袴田君にだったら、もっと……されたい、もっと見られたい。怒られない程度に下唇を噛みながら、目を閉じて視姦に耐える。息がかかってどんどん下半身熱くなる。

「見られて感じる？　またエロいの吐き出してるよ、何想像したの？　それにしても……本当にこんな小さな穴に俺の入るのかなって不思議なんですけど」

「んんん!!　ひぁ」

「でも、中指立てたら美味しそうに咥え込んで生き物みたいに広がってく……ああ、そっか。ここから赤ちゃん出てくるんですよね」

視姦というよりも観察に近くて、袴田君は息のかかる至近距離で顔色変えずに入り口広げてくる。

「奥が見えないくらいみっちり肉で閉じられてて、指一本しか受け入れてくれないんですよ。でもここ俺の形に作り変えるんで、とりあえず、奥で気持ちよくなっておきましょうね」

「ん？　うん……」

「尾台さんが大好きなのは、さっき漏らすくらい気持ちよかったこの手前のとこと」

「ひっ!!　んぁあ！」

肉をかき分けて入ってきた中指に言われたとこ擦られて、ぞわってして腰が跳ねる。

「すぐ指に甘ったれてきて可愛いな、またクリトリスと一緒に攻められて漏らしたい？」

「うッ……あれやッ……」

「そう？」

中指入れたまままさっきイッたばかりの突起に吸いついて舐め回してくる……そんなのすぐイッちゃう。

「やなの？　こんなすぐ締めつけてもっとって指にねだってるくせに。ここ舐められるの本当に好きだね、尾台さんは。何度もイカせておかしくさせたくなる、俺で頭いっぱいにして寝かせたい」

舌で擦られて虐められて、湿った音が響いて、またあの気持ちいいの欲しくなってて。

「やだ……袴田くッ……だめッ！　ぁあイッちゃ……」

かき出すような指の動きと一緒に吸われて舐め回されてすぐ果てる。

目の前が明滅して頭の中痺れて、波が引けば余韻と眠気が襲ってきて。

「まだ飛ばないで。次は俺の挿れたいから。尾台さんのことか」

私の感覚なんて気にしないで、中指はもっと奥に侵入してきた。

「んん!!」

「奥のほう、ああ、いいね……イッたばっかの、この呑み込もうとする動き大好き、すっげーうねってる。早く精子呑ませてあげるからね」

「ひゃあ！　アッ……アッ！」

「気持ちいいの？　いい声出てるじゃないですか。顔も蕩けてるし、こっちで感じられたほうが挿れた時気持ちいいから練習しようか」

「練習？」

下を見たら中指の根元が見えなくなるくらい体の中に入ってた。奥を引っかかれてゾクリとする。

「いいよ、呼吸も上手……もっとここ充血させてふわふわにしたら、尾台さんも擦られるの気持ちいいと思うし、子宮は俺のでいっぱい突いてあげるから下ろしとこうね」

「何言ってるの？」

「尾台さんは気持ちよくなってればいいです」

にやってして袴田君は眼鏡を直した。

それでやっぱり指と口で攻められて、イッても「じゃあ今度はこっち」って何度も指の向き変えて擦られて、そのたびゾクゾク耐えられなくて最後には痙攣して息乱してる。いやいやしてるのにいっぱい温かいの出ちゃってシーツが私ので濡れてた。

もう何も考えられなくなってきて、気を抜いたら意識遠のきそう……。

「尾台さんエッチでいい子だから、柔らかくなってきましたよ」

「んん……もう体動かないよ袴田君」

中指で奥を緩く擦ってくる袴田君の顔が接近してきたから、私は無意識に舌を出した。

ねっとり絡まるキスされて、頑張って応じる。

離れた唇が鼻、目、額ってキスしてきて、奥をかき混ぜながら袴田君が言う。

「じゃあそろそろ挿れてもいいですか」

「んっ……はい」

袴田君は体を起こすと、いい匂いのするハンカチで私の顔の汗を拭ってくれた。そして真っ黒のボクサーパンツをゆっくり下げる。

うぁうわあ……やっぱりあの……雄太君が出てきた。

こういう形なの！　初めて見る修正のかかっていない男性の下半身に、思わず起き上がって釘づけになってしまった。

「無理無理、絶対そんなの入りませんけど」

「ねじ込みます」

「好きな子に強引にするのよくないと思います‼」

「尾台さん、俺としたくないの」

袴田君は片手でそれを握って見せてきて、なんならちょっと擦りながら私の穴に視線注いでんだけど。

「やだ怖い怖い怖い!!」

後退ってたら壁に頭ごんってぶつかる。袴田君はじりじり距離を詰めてくると、顔の横に手をついてきた。

「俺だって無理矢理したくないですよ、本当にいやならハッキリ言ってください」

「いやっていうか……」

「でも、その返ししないのであれば、尾台さんのせいでこんなになっちゃったんだから責任持って慰めてくださいね」

袴田君の、目の前に突きつけられる。赤黒くって血管浮いてるの。熱とか匂い……感じて……ドキドキする。

「処女だもんね？　興味津々だね尾台さん」

「違ッ！」

「蕩けた目で見つめちゃってどうしたの。ほら、尾台さんと繋がりたくてこんなになってるんですよ」

先から透明なのトロッて出てて唇にグリグリされる。う、あ、あ……しょっぱいよ、でもこれ好きな味……勝手に口開いちゃう。袴田君の匂い……ふぁ……頭撫でられて怖いの和らいでく。

「さっき言ってくれましたよね？　俺が好きだって。俺一時間近く尾台さんのグズグズで熟れきったアソコ舐めまくってマテさせられて、もう収まるとこに収まりたくてしんどいんですよ。でも挿れられないなら、せめて尾台さんの口の中でイキたいです。ねえ口開けて」

「んん……袴ッ……………うむぅ‼」

「温かい、尾台さんの口の中……」

少し開いた口に差し込むと、袴田君は眼鏡を直して私ののどを犬みたいに撫でてきた。

少しずつ腰を揺すられると舌が自然と絡まって、初めてなのにちょっと吸っちゃったりしてる。口の中、袴田君の匂い……

湿った肉が舌を擦る感触と袴田君の荒い吐息と……ちょっとやだ濡れちゃう。こんなの言えないけど口でするの好きだ。たまに呻く袴田君の声に、胸がキュンッてする。

「舌まとわりつかせて吸い上げて、フェラ初心者なのにどこでそんな知識得たんですか」

「んんんッ……フッ」

腰を掴んで根元持ちながら舌で裏筋をくすぐった。しょっぱいのと一緒に過剰に出た唾液を呑み込んで、口を前後させる。

こんなのしたことないのに、知らないのに、でも一回唇に触れたら止まらなくて。

「あーあ、本当にどうしようもない処女ですね。美味しそうに咥えちゃって、自分からしゃぶりついてそんなに好きなの？　挿れられたこともないくせに」

「んッ……あん、もっと……袴田君」

ちゅぽって口から抜かれて唇に尖端をぬるぬるされる。袴田君は私の前髪を掴んで、見下した目で一言。

「淫乱」

蔑んだ目で言われてビクンッってした。言葉だけで下半身が反応する自分が恥ずかしい。唇にまた熱いの突き立てられて、自分から口を開いて舐め回した。手も使って今の自分ができる舐め方でいやらしくしゃぶりながら、薄目を開けて見上げる。そしたら袴田君と目が合って、もうどうにかなってしまいそうだ、涙出てきた。

「はか……まら、く」

口の中気持ちい。袴田君の匂いも味も大好きで下半身が疼く。股もじもじしてきて、この硬いの挿れてみたい、これで擦られたい、袴田君とエッチしたい……いろんな気持ちが頭を巡るから必死になって口を動かしてたら。

「クッソ」

って袴田君が舌打ちして、自分の額を押さえながら口から引き抜いた。

「大好きだよ尾台さん」

「ん、うん」

キスされて、寝かされて両脚を引っ張られて腰を引き寄せられる。入り口に直にさっきまで舐めてたあっついのが当たって。

「このままいくよ。ごめん、俺肉食だから、ここで引き下がれなかった。大丈夫、俺のもぬるぬるだし尾台さんもほぐれてるから、ちゃんと準備はできてます」

余裕なさそうな袴田君見てたらドキドキしちゃって、気づいたら口開いてた。

「挿れて？　したいの……袴田君とえっち」

「挿れる前からこんなに汗かいて、尾台さん可愛い」

顔に張りついた髪を払われて顔中にキスされて、柔らかい唇と唇がくっついた。

先っぽで何度かクリトリスを擦られて、また中がひくついたあと、いよいよ入り口に押しつけられる。

ああ、でもやっぱり……ちょっと……

「力入りすぎですよ。楽にして？　このまま俺を受け入れてください」

「わかって……るけどぉ」

「こっち見て尾台さん、俺のこと見て」

「はい」

目が合うと袴田君は穏やかに笑う。眼鏡の奥の灰色の瞳が光っていた。

「絶対気持ちよくしてあげるから、信じて？」

「あっ……袴」

「手繋ご?」

そのセリフに、初めて袴田君とキスした日を思い出した。両手の指が絡み合って手のひら同士がくっついて、少し安心する。キスされて舌擦り合って……でも繋がるとこ気になって集中できない。

生温い舌に耳の中をかき混ぜられて、ゾクゾクしながら、袴田君が少しずつ奥に入ってくるのを感じる。

指なんかとは全然違う質量と熱さ。勝手に引いちゃう腰を引き戻されて、先っぽをぐって押し込まれる。声も出なくて冷や汗が滲んで、手握り込んでギリギリ奥歯を噛み締めたら、耳の奥に優しい声が響いた。

「痛みで感じて、尾台さん。痛くてもいいから俺を感じて? この痛みは一生に一度しかない、俺だけが与えられる痛みだから」

「は……ぃ」

「異物じゃないよ………尾台さんに入ってくのは愛だから」

「袴田君……」

胸が締めつけられる。受け入れるように、ゆっくり腰を動かした。

「痛いのはこの入り口のところだから、ゆっくり息して?」

「うんッ……」

　顔を上げたら、そこには眉を寄せた真っ赤な顔があって、息を殺しながら私の様子を窺っていた。そうだよね、袴田君だっていっぱい我慢してくれてるんだ。

「辛い？」

　聞いてくる袴田君のほうが辛そうな顔してて、首を横に振った。

　袴田君の額に浮かぶ汗が愛おしくって、胸の奥の奥の奥のほうから湧き出る感情が、さっきよりもハッキリ口から零れた。

「大好き……」

「尾台さん……」

　そしてちょっと泣いてしまった。慌てて口を開く。

「痛いから泣いてるんじゃないよ？　好きよりもっとって、思っちゃった……袴田君好きだよ。本当に大好きです。私のことずっと思っててくれてありがとう」

「俺も尾台さんが大好きです」

　瞬きをしたら、袴田君もぽろっと涙を零していた。恥ずかしくなって二人で笑った。

　袴田君が頭撫でてくれながら言う。

「眼鏡外してもらっていいですか」

「うん」

「下向いてると落ちちゃうから」

「うん」

外してあげたら、袴田君は今日一番深いキスをしてくれた。

唇が隙間なく交わって、噛み合って自分の舌の動きもわからなくなるくらい溶け合う。

いやじゃないんだよって言いたくて、袴田君の腰に脚を絡めた。

何度か腰を押し込まれたらぷつっと弾けたような感覚があって、痛みと一緒に何かが奥の奥まで入ってくる。感じたことのないお腹の圧迫感に震えていたら、腰の動きが止まった。

「痛くないですか？　尾台さん」

「痛いよ、でも大丈夫」

「ごめんなさい」

見つめ合ってるけど、これってあの……全部入ったってことだよね？　私のお腹の中からビクビクって脈動が伝わってくる。

「雄太……？」

「………」

呼んだら中でビクッてされる。本当に入ってるんだ!!

下見たら私に毛が生えてるみたいに、袴田君がピッタリくっついてる。

「は、袴田君！　記念写真でも撮りますか‼　動画！　動画‼」

「そんな余裕ないです、動いていいですか」

「ダメ！」

「わかりました」

部屋がしんとして……何この時間。そしたら袴田君は顔を寄せてきた。

「じゃあ記念のキスしましょうか」

「うん」

ちゅって軽いのして離れる。

「尾台さん好きだよ……本当に俺はずっとあなたが好きでした」

「はい私も好き……袴田君が大好き……さっき言ったでしょ？　もうしつこいな」

額をつけて自然と笑う。私からキスしたら、袴田君はぷるぷる震え出した。

「どうしたの、袴田君」

「ああもう、尾台さん‼」

「ああ！　なッ‼　ひゃ！」

くっついていたはずの腰をもっと強引に奥に押し込まれて、お腹壊れそう。

「ごめんなさい、最後までは優しくできないかも」

「え？　あん‼」

突然袴田君は小刻みに腰を振り始めた。熱い快感が湧いて口からいっぱい声出る。奥に奥に袴田君は穿ってきて、もう自分じゃどうしようもできないくらいの快感に、体が絶頂を欲しがって震えが止まらなくなる。

処女ってエッチ痛いって聞いてたのに、袴田君が腰を入れるたび気持ちよくって声我慢できない。

「あんッ、何こ……れ、あああ、お腹いっぱい……んん」

「処女膜破かれてそんないい顔できるなんて、尾台さんはさすがですね」

「だってだって……!! あああ！」

「痛みより気持ちいいんでしょ？」

やっぱりお見通しで、ごりって中押されて体痺れた。

「ヒァッ!!」

「もう絶対離さない。俺の尾台さん」

「アァ……んんぅ、あん！」

「ここも一緒にしてあげる」

膝裏持たれて深くねじ込まれたまま、クリトリス一緒に撫でられる。だめだめえってしても、袴田君は腰を揺らして手を離してくれなかった。袴田君が教えてくれた気持ちいい場所を同時に刺激されて、こんな快感知らなくて頭おかしくなる。

「あん、アッ……やぁあ」

「もう慣れてきちゃったね。ぎちぎちなのに、中に俺のこと引き込もうとして。えっち大好きだね」

濡れた親指でクリトリスを捏ねられる。すぐにでも手を振り払えばいいのに、細められた灰色の瞳にじっと見下ろされたら視線にゾクゾクして、そんな簡単なことができない。

与えられる快感を全身で味わって、結局太いのを咥え込んだままイキそうになってる。なんなら自分から少し腰動かしちゃってる気がする。

「こっちで一回イこうね」

にやって舌舐めずりすると、袴田君は敏感に勃起した場所をつねってきた。爪先までビリビリ電気が走る。そのまま擦られて捏ね潰されて、呆気なく私は頂点に達した。

「アッ‼　ひぃッ！」

ぎゅうっと中が締まって痙攣して、奥からまたじわって濃いのが溢れてくる。イッちゃった……脱力して体ガクガクする……

「こんな……袴田く、もうイケな……」

「大丈夫、俺が何度でもイカせてあげるから」

「もう‼　本当にドエスすぎるからぁ！　尾台さん初めてですよ‼　変態！　変態

眼鏡!!」

にやにや余裕な眼鏡がなんだかムカついて胸板殴る。

「俺だけのせいにしないでくださいよ。尾台さんだって会社で皆が仕事してる最中にイキまくる変態でしょう」

「なっ……！　全部袴田君のせいでしょ!!」

袴田君に殴ってる拳を取られて爪にちゅってされる。うわああ……怒ってるんだから勝手にキュンッてしないで胸ぇえ!!　袴田君は頷いてる。

「はい、俺のせいです。俺だからいっぱいイッちゃうんですよ、覚えておいて？　尾台さんを気持ちよくできるのは俺だけ」

袴田君は悪戯に笑って、私の手をまた恋人繋ぎで握ると、いやらしく舌を絡ませてくる。

「わかってる？　尾台さんには俺だけですよ」

「う、うう……」

「俺だけだよ？」

怒ってるのに腰ゆっくり前後に動かされてゾクゾクきてる。

睫毛が当たりそうな至近距離で美形が私を射止める。その眼光にまた濡らしてしまう。

顔にたくさんキスが降ってきて、袴田君の唇は耳に辿り着いた。

「絵夢、返事は？」

低い声が腰まで響いて。

「ぁう……」

だらしなく舌を出した口の中に指を突っ込まれたら、またぎゅうっと中が締まる。やだ、気持ちいい、ああこれ……もっと動かして欲しい。

目の前がほわって快楽に浮いた時、ギリっと耳たぶを噛まれた。

「返事しろ」

「ひぁあ!!　ぁあ！」

いきなり腰掴まれてグリグリ奥を抉られて、余りの快感と頭の芯まで痺れる声に、勝手に首を縦に振っていた。

「んん！　アッ！　袴田……くッ！　袴田君好きなの、あぁん……もっと」

「いいね、ずいぶん甘えた声出てるじゃないですか。初めてのセックスなんだから正気なんて保ってらんないくらいだらしない尾台さん見せてよ」

「あ、あ!!　待って強いよぉ……」

「俺だって尾台さんの中よすぎて、あんまり持ちそうにないんですよ」

困ったように首傾げて言った割には袴田君の腰の動きは力強くて、突かれるたび気持ちよくて、喘ぎっぱなしだ。

いい、いいの……えっちってこんな気持ちいいの……？　お腹きゅんきゅんしっぱなし……切羽詰まった眼鏡のない精悍な顔つきが格好良すぎる。私の頬を舐めながら腰を突き立てて、また卑猥な言葉を浴びせてくる袴田君が堪らない。

「ほら、俺の形わかる？」

「やぁ！　そ、れぇ……鳥肌立っちゃ、ゴリゴリやあ！」

「ねえここ、一番奥ですよ。俺しか届かないから、ここが気持ちいいなら俺でしか満足できないからね？」

奥突きながら大きな手が下腹部をグリグリ押してきて、逃げられなくて頭変になる。

「ひぃ！　や！　ぞわって……!!」

「ねえもっと欲しいんでしょ？　子宮突かれて啼いて涎垂らしてだらしないイキ顔晒して、本当下品な処女」

「アッ!!　ひあ!!!」

耳噛まれて激しく突かれて、頭の中真っ白だ。

「ああ……汚い言葉でイッちゃったの？　震えてるじゃないですか、どんだけ俺に絡みついてくるの。気持ちいい声漏らしまくって、初めてのセックスそんないいの？　真面目なくせにど淫乱ですね。でも俺はそんな尾台さんを愛してるからね」

「ん……アッ……もう」

イッたとかわからないけどもうお腹滅茶苦茶で、涎も気にならないくらい垂れてて、袴田君はそれを舐めては体を揺すって、腰の動きを速めてきた。

「あん！　待って待って！　……強いの！　やぁあ‼　奥らめぇえ！」

「ああ、イキそう……全部お腹で受け止めて尾台さん」

「うん、うん……きて」

そう言ったらむぎゅうって唇押しつけられて手握られて、袴田君が一番奥で止まった。

袴田君の体が震えて、ドクドクあっついのお腹に染み込んでく……いっぱい出てるのわかる……息吐くのと一緒に何回か腰を打ちつけられる。袴田君の綺麗な顔が歪んでいた。

「はかま、だ……君？」

「すっげー好き、もう誰にも渡させない触れさせない。尾台さんは俺だけのだから。キスしよ、尾台さん」

「あ、んん、ん」

優しくて激しいキスに頭とろとろになる。ねっとり舌を絡ませたあと、袴田君はようやく私からそそり立ったのを抜いた。

二人で息を整えて、見つめ合ってまたキスして、体ぐったり……気持ちいい疲労感。

それでえっと……私の読んだＴＬ漫画の記憶では、エッチが終わるとヒーローは満足して、そのあと甘いピロートークに移行のはずなんだけど……袴田君は射精したのに挿入前の状態を維持していた。それをまた入り口にあてがってくる。

「ダメだよ、袴田君」

「どうしたの？　一回で終わるとでも思ってました？　俺が尾台さんのこと、何年思い続けてきたと思ってるの？」

「それとこれとは……」

「いっぱいできて嬉しいね、絵夢」

　思考を鈍らすディープキスしようとしてくるから、慌てて口を塞いだ。

「やぁあだぁ!!　もう無理ぃ!!　無理!!　私初めてなんですよ！」

「でも、尾台さんの穴はもっといっぱいして？　って涎垂らしてますよ。俺の先走りと精液と尾台さんの……」

「ダメだってばあ！」

　逃げようとしたら捕まえられて、袴田君は私の体をうつ伏せにすると上から伸しかかってきた。

「腰上げて？」

「袴田君!!　い、や！」

「…………大好きだよ、絵夢」

「あん」

誰かこのハイパーちょろい私をどうにかしてください。頭撫でられて甘く呟かれてちょっと耳を噛まれたら、力が抜けて勝手に体が言葉に従ってる。唇噛みながらそろそろと腰を上げてしまった。ちょっと姿勢を正そうと思っただけなのにこぽって中からいろんなの零れてくる。

「ああ、やだ待って袴田君、中から……」

後ろ向いたら、袴田君はうっとりしながらそれを眺めていた。なんならちょっと穴を開いてくる。膝のほうまで垂れてきて恥ずかしいのにお腹また熱くなって……

「尾台さんのと俺のが混じって綺麗な色ですよ？　ほら、今度はこっちから突いてあげますから」

「ああ！　ちょっと……やぁあ!!!」

動物みたいに後ろから勢いよく中に押し込まれて、お腹いっぱいで息ができなかった。一突きだったのに、余りの快感に枕に顔を埋めてビクビクに耐えた。目の前がチカチカする震え止まんない。

「あれ？　後ろから入れられただけでイッちゃったの？　すっげー縋りついてきてキュンキュンさせてる」

「違っ！」

「違うの？」

ちょっと引かれて押し込まれただけで、全身粟立って気持ちよくて……

「ひあ！」

「違わないだろ？　ほらっ……ちょっと突けばこんなに俺のに媚びて吸いつかせてるじゃないですか。もっと欲しくて中蠢かせて、挿れただけでイッたでしょ？」

「あ、あ……わかんなッ……」

腰をがっちり掴まれて音が響くくらい肌がぶつかって、痛いのとかどうでもいいくらいお腹の疼きおかしくなってる。

「ほら、くちゅくちゅ音させて、またイキたくて俺にくっついてくる」

「ううんん‼」

頬を舐め上げられて、横を向いて舌を絡ませる。抱っこして欲しいから体を起こして、後ろから抱き締めてもらった。

「尾台さんが腰動かしてくれるの？」

「一緒……にっ……気持ちよくなりた……」

舌絡ませられて胸揉まれてクリトリス弄られて、どう考えたって私のほうが気持ちいいんだけど、またイッて痙攣してる奥を袴田君は突き上げてきて、もう何も考えられない。

「尾台さん締めすぎだから。すぐ精子上がってきちゃうでしょ」

「好……しゅきぃ袴田くっ……」

「ありがとう。ねぇ、じゃあ俺と結婚してくれる？」

「んっ……あっん、けっこ……？」

「そう。ずっと一緒にいてください」

「いいよ？　す、るぅ、すきぃ」

「うん、愛してるよ絵夢」

もう頷く力もなくて、頭はクラクラなのに体は素直で、気持ちよくしてくれる熱い肉を一層咥え込んで扱いてる。そのあともお腹の奥で精子を浴びまくった。

それで袴田君はイッたはずなのに、また腰を動かしてきた。大好きだよってキスされて、一生懸命それに返す。でももう本当に限界で、私の意識は薄れていった。


目が覚めたら、裸だった。

隣に大好きな人がいた……

視界に広がったのが、見慣れた天井でよかった。

「おはよ、尾台さん」

「は、袴田君……」

半裸の袴田君が隣にいて、肘ついて私を見ていた。私は裸だったので布団かぶって目だけ出しとく。

「今何時ですか」

「夜の十時です」

「袴田君なんで裸なの」

「事後だからですね」

「ぶっ！」

やっぱ頭まで布団の中に潜ったら、そのまま抱き締められた。

「体痛くない？」

「え？　う、うん多分……」

「ちゃんとお風呂も入って、綺麗綺麗してあるから大丈夫ですよ」

「ソーデスカ」

「尾台さんお腹は？　何か食べますか、買ってきましょうか」

「あっそっか……お腹」

空いたな。

「何がいいですか」

「えっと……ご飯……作りおきでいいなら………………………あるよ」

「食べます」

ちょっと角煮とか温め直すだけなのに体がガタガタで下半身に力入らなくて、袴田君にしてもらった。

ワンルームのアパートは狭いけど距離が近くていいな。

体動かないから、抱っこして食べさせてもらって、こんな……こんな恋人みたいな……!!

「はい尾台さん、『袴田君に食べさせてもらうご飯とっても美味しいです。大好き』って言っていいですよ」

「…………やだ」

「もう！　エッチしたくらいじゃデレてくれない尾台さん、最高にいけず！」

「うるさいなもう」

私も食べさせてあげたら美味しい大好きって言われちゃって、鼻の下伸びます恥ずかしい。

見つめ合ったら袴田君は優しく笑った。

「好きだよ尾台さん」

額にキスされて唇にもされて、胸、苦しくなる。

あ、そうだ、あれ…………言わないと。この機会逃したらもうダメだ。忘れそう。

「あ、あの袴田君！」

「はい?」

「あのね! 実は」

深呼吸して、真っ直ぐ目を見て言った。

「会社の私たちの席、冷房が直撃して寒いんですけど、空調調整してもらってもいいですか!!」

袴田君は眼鏡直してキラッとさせたあと頷いた。

「検討してみます」

書き下ろし番外編

袴田君とティーカップ

後ろで一つに結わいたゴムを外してストレートの髪を撫でる。

時刻は午後の三時を回ったところ、少し集中力が切れてしまって眉間を軽くマッサージ。

皆の進捗を確認して、定時に向けてもうひと踏ん張りだ。背筋を伸ばしてまた髪を縛ろうとゴムを咥えたら、PC画面に新着メールの文字が表示された。

うーん……この時間に至急のメールだったら怖いなあってクリックしたら……

【尾台さんへ　時間があったら給湯室に来てください。　袴田】

「ひぃい！」

閉じればいいのに、思わずPC画面手で隠しちゃって、え……やだ、温かい……これって袴田君の体温が文字を通して伝わっ……

「それただ画面が熱もってるだけだから」

「ッ!?　止めてくれます？　上司の脳内に話しかけるの」

「こちらこそ止めてくれます？　仕事中にエロいメールのやり取りするの」

「まだエロくなってないからぁ！」

隣のめぐちゃんが「まだってなんだよ」って冷めた目でツッコミ入れてきたけど、だってこんな仕事中にメールなんて、その……私が前にミーティングで相談したいことがあるって言った以来で。

なんていうか……いろいろ思い出して焦っちゃったんだってば……ちなみに全然嬉しくないけどね!!

手をゆっくり離して深呼吸。

冷静になってみれば、連絡先知ってるからプライベートな話は個人的に来るわけで、会社なんだからこれは業務事項か……やだもうドキドキしちゃって私のばか。

でも、私にメール送ってくれたってだけできゅんってしちゃったのは、袴田君に侵食されてる証拠だなあ、って文字を指でなぞった。ちょうど気分も変えたかったし不可抗力だからと自分に言い聞かせて、メール画面でキーを叩く。

【袴田君へ　すぐに行きます。　尾台】

これでよし、っと。

席を立ったら、服の袖を引っ張ってめぐちゃんが言う。

「このまま腰が砕けて早退するとかダメだからね」

「まさか！　ちょっと一息つくだけだよ」

ジト目で見上げてくる後輩の頭ポンポンして、給湯室に向かう。

給湯室は部屋を出て通路の外れ、間にエレベーターはあるけど、トイレはないから身なり整えたりはしなかった、だって業務連絡だけだろうし……って考えたら、連絡だけならメールで済んだのだから、やっぱり何かあるのかなあって変な鼓動が始まってしまった。

正直、給湯室ってあまり人が寄り付かないんだ。冷水器に自販機、近所にはコンビニ、隣はコーヒーショップもあるし、わざわざ会社でお茶淹れて飲んでる人っていないから。私はお茶を淹れてる時間が好きでここに来てる。最近は葛西さんのこともあって遠ざかっていたけどね。

んで？　そんな人気のない場所になぜ呼び出し？　人気のないとこに!?　え！　や、やだ！　緊張してきたぁ！

もやもやしてたら、給湯室に着いてしまった。小窓のすりガラスに人影が映ってる！

グッと唾液を呑み込んだ。

だってこの大きさは袴田君だってわかってしまう。いやむしろ、透視能力でもあるのか、人影から眼鏡まで想像できてしまって恥ずかしいよ、もう限界。

はい、やっぱり帰ろう!!　そしたら……

「尾台さん待ってました」

「そうか待たせたな」

急にドアが開いてしまって、どんな返事したか覚えてない。顔見た瞬間眩しくて、目がぁ！　ってしてる間に引っ張られて給湯室に閉じ込められてしまった。

そう、閉じ込められたの、袴田君にっこりしながら眼鏡直して後ろ手で鍵閉めたからぁ!!

「ちょちょちょちょっと待って袴田君、どうして鍵閉めるの」

「尾台さんのことは常日頃から俺だけしか触れられない檻に閉じ込めて、手取り足取り育てたいと思ってますが」

「え」

「というのは――嘘（本心）で、まあ少しだけ二人きりで話したいと思ったからです」

「会社じゃないとダメですか？」

体、少し離されて袴田君の匂いが薄れる。腰に回された手がするっと上半身に上がってきてゾクゾクした。

首に長い指が伸びて耳擦られて親指で唇押されたら、勝手に心拍上がってく。

「ダメです、今尾台さんに言いたいことあるから呼び出したんです」

「う、何？」

顔、絶対赤くなってるって視線逸(そ)らしたら、袴田君はクスってして大きな手で頭を撫でてきた。

ううう、やだぁー……一生懸命お腹のところで手を交差させて耐えてるけど、このよしよしは「袴田君！」って抱きついてもいいんじゃないだろうか？　もじもじしてたらフッと頭の上から手が消えてしまって、名残り惜しくて顔を上げれば。

「はい、尾台さんこれ、何飲みますか？」

「え？」

どこから出したのか、目の前には葛西さんに割られたティーカップ……

「え？　ちょっと待って、だってこれ」

「遅くなりました。金継(きんつ)ぎ……なんてしたことなくて修復に時間がかかってしまいました」

「直ってる……？」

袴田君の手には割れたはずのティーカップが元の形のまま置かれてて、割れたところがキラキラ金色に光ってる。

私の目線のところまで持ち上げてくれて、袴田君は恥ずかしそうに笑った。

「割れた陶器の復元方法を探したら、たくさんあって……でもどれも大変そうで、一度は業者に頼もうかなって思ったけど、やっぱり俺がやりたくて」

「袴田君が直してくれたんですか？」

ティーカップのひび割れに沿って金色の光が走っていた。

【元通り】じゃない、傷痕を純金が塞いでる。指でひび割れをなぞったら、見た目のわりに凹凸がなくて、まるでもともとあった模様のように馴染んでいた。

カップを持ってる反対の手が頬を撫でてきて、袴田君は優しく笑いながら続ける。

「傷は必ず治るから、どんな形でも」

「袴田君……ありがとう」

「俺が全部癒してあげます」

簡単な表現だけど、本当に胸がキュンって鳴ってしまって大きな手のひらに頬摺りしてしまった。

なんかあの……キスとか？　そのくらいだったら全然したって……いやしたいなって……むしろ抱きしめたいなって見上げたら、総務の眼鏡君はいつもの調子で言ってくれる。

「で、何飲みますか？　俺は尾台さんのおしっこが飲」

「私のキュン返してッ!!」

バカ！　って胸叩いたら、袴田君はクスクス笑いながら私の体引き寄せてきて捕まえたってご機嫌だ。

「俺にキュンってしちゃったの？」

「もうせっかくいい雰囲気だったのに！　すぐ変なこと言うんだから袴田君は！」

「いい雰囲気で何したかったの尾台さん」

「それは……」

「それは？」

腕の中で顎クイって持ち上げられて視線が合う。何も言えずに黙っていたら、袴田君は目を逸らさないままシンクに置いたカップに水筒に入った液体を注いだ。

「袴田君それなんですか？」

「ん？　なんですかね？」

全然答えになってなくて、袴田君はその液体を少し口に含むと顔を近づけてきた。綺麗な唇が濡れてて、眼鏡の奥の瞳が瞼に隠れる。ちょっと強張ったら腰に回った手にグッと力が入って、袴田君のジャケット握りしめたまま唇が触れた。

触れて、何となくわかってたけど擦れた隙間から液体が流れてきて、受け止めなきゃって口を開けたら、ふわって紅茶の香りが鼻から抜けた。

これ……初めて袴田君の家で飲んだ紅茶……少し甘くしてあって、こくんと喉を過ぎるのと同時に自然と口の中に舌が入ってくる。美味しいって思っちゃって勝手に舌が絡んでしまう。

もっと深く欲しくって背伸びしたら、額で押し返されてしまった。袴田君は自分の唇を舐めながらカップ私の口元に寄せて――

「今度は尾台さんが俺に飲ませてください」

カップを唇に押し当てられて、零れるのいやだから口に含む。思ったより量が多くて口端から滴が顎を伝うと、袴田君はにやってして喉のところから口まで舐め上げてきた。ゾクゾクゾクって鳥肌立って、ここでスイッチ入れちゃダメって、唇噛んだんだけど舌先で唇なぞられて、全部舐めつくされて紅茶が漏れる。

「んぅ……ッ」

「ほら飲ませて尾台さん」

じゅるって吸われて、給湯室にディープな音響いてる、袴田君で頭がいっぱいになりそうだ。でもすんでのところで理性取り戻して舌を引っ込めれば、逃げられないように後頭部掴まれて舌捻じ込まれてクラクラして。

たまに隠れてするキスじゃない。体離してくれないし激しくて息苦しいくらいだ。涎でぬるぬるになった唇の隙間で声を振り絞る。

「や、袴田く……ん、待って、これ……以上したら」

「したらどうなるの尾台さん、俺頑張ったんだからもっとご褒美ください」

ご褒美？　あ……そっか、これはカップ直してくれたお礼なのか。ならもう少し……

だけ?

カップに残った紅茶を全部含んで私から袴田君の口に運ぶ。紅茶の甘い舌が絡まって歯の裏まで舌が這う。強く吸われて混ざり合って、そろそろここが会社ってこと忘れてしまいそうだ。

キスしながら眼鏡の奥の目を細めて、袴田君が。

「俺しか知らないエロい顔になってきた」

「こんなとこでさせちゃダメ、もうおしまい」

「無理ですよ。ここで終われるわけないでしょ」

髪を撫でていた手が体をまさぐりだして、これはもう拒否しないといけない事案だ。

「嘘、待って袴田君! やらしい触り方しちゃいけません」

「勘違いしてるみたいだけど、ご褒美って尾台さんが気持ちよくて泣きそうになってる顔見るって意味ですから」

「いやだよ」

「抵抗するな」

耳元で低い声で言われて、さっきの比じゃないキュンを感じてる私の体はどうかしてる。

手首をひとまとめにされて頭上で押さえつけられて、こういう抗えない体勢興奮しちゃうよ。だってよく読んでた私の大好きな漫画のワンシーンなんだもん。袴田君は私のことなら何でも知ってる。

手首を握りこむ筋張った長くて太い指が格好いい。胸の奥からズキズキしてたら、袴田君は舌なめずりしながら私を見下ろして、額に頬に、キスしてきた。

「スイッチ入るの早すぎですよ。尾台さんは本当にイイコだね？　お家帰ったらもっと焦(じ)らして悶(もだ)えさせて下品な声で喘がせてあげるから、今はちょっとだけ味見させて」

キスされて入ってきた舌甘噛みしてちょっとだけ頷いた。水筒からの口移しで飲まされた紅茶、世界で一番美味しい味。

唇擦(こす)り合わせながら、私を捕らえる反対側の手がやわやわと服の上から胸を揉んでくる。形探られて、ぎゅうって握り潰されて優しく揉まれて、キスしてる口の中で普通の呼吸が続かない。

「直接触って欲しくて堪らないね、尾台さん。俺に乳首つねってもらいたいよね？」

「んんッ」

舌絡ませながら、少しだけ首を横に振る。そんなことあるけど、ないって意地張って見せてもクスってされるだけだけど。

「じゃあ何でこんな腰くねらせちゃうの？　これもっとの合図じゃないですか」

「違ッ」

背筋が靡いてしまった。

無意識にもじつかせてたウエストラインにするりと手が伸びて、それだけでゾワッって背筋が靡いてしまった。

「強がられると虐めたくなるって知っててやってるんでしょ」

袴田君の手には魔法がかかってるんだ。じゃなきゃちょっとお尻撫でられただけでこんなに下半身が熱くなるはずない。

お尻のお肉指先でなぞられただけで、必死に声抑えてる。割れ目を中指が通って背中まで痺れてしまって、絶対ダメなのに、自分でも濡れたってわかるくらいじんじんしてしまった。

やだ、だめだめ、スカートの中に手が入ってきたら、もう抑えられなくなっちゃう。

「袴田くッ……もう止めよ、人が」

「生意気に文句言うな」

強い言葉に心臓ぎゅんって掴まれて、乱暴になったディープキスに応える。鼻から漏れる声なんて気にしてられないくらい舌の動きが激しくて、頭ぼーっとしてる間に、やらしい手が太腿を上がってきた。

いつもなら、爪先から焦らしてくる指先がすぐにショーツのラインなぞってきて、強引なの、嫌いじゃない。

「本当はどうしてほしいの？」

「知らな……ぃ」

「ほらどこ触られたいか自分で言わないと」

「いッ……や」

「こんなに舌柔らかくして犯されるの待ってるのに、素直じゃないね？　下着だって湿らせて、早く言わないと午後仕事できないですよ」

「でも」

「この硬くなってるところ虐められてイキたいでしょ？　ここいつも捏ねられて震えてるもんね」

下着の上から敏感な場所擦られて、掴まれた手首に爪立てるほどゾクゾクきてる。イキたい……けど、イケるくらいの刺激はくれなくて、袴田君は私の口の中舐めまわして遊んでる。

「それとも指じゃなくてこっちでされたい？」

「んんッ」

「赤く熟れてるとこいっぱい舐めて欲しい？」

至近距離で糸引く舌を見せつけられて、体の芯が燃えてくる。指だけじゃ腰動かしてもイケなくて、甘い誘惑に負けそうで……顔背けたらそのまま耳舐められてくちゅくちゅされて、堕ちそう。また袴田君の唇に捕まってキスされて口の中で低い声が唸る。

「言えよ」

眼鏡の奥の瞳にキツく睨まれて逆らえなくて。

「ぁ……あ、の」

「ん？」

「っ……袴田、君の……」

「はい」

「口で……イ」

「俺で何？」

頭の上の手を解くと、袴田君は手首を掴んだまま、私の指先を一本一本舐めてくる。

指の根元から爪の先まで舐め上げられて、舌の感触が下半身に響いてしまう。舐められてる間目逸らすなって視線で命令されて、呼吸熱くなってじっと見てたら口が勝手に。

「袴田君……の、口で……イキ」

「声が小さい」

遮るように言われて爪の先カリって噛まれて、ビクンって背筋が反応して言ってしまった。

「舐めて……もらいたい、の……この口で……」

「………」

「もっと……虐め、て」

「尾台さんの泣きそうな顔最高」

「いじ……わるぅ」

「敬語じゃないのが減点ですけどね」

袴田君は草食の見た目のままニヤってする。

脚持ってって言われて、弱く頷いて誘導されるままに自分の膝裏を持った。背を壁に預けると癖のある黒髪が股の間に沈んで、腿の付け根を舐めてくる。その光景だけでもう心臓おかしくなりそう。

柔らかい内腿を音立てながら吸われて、いつもならここからたくさん焦らされるけど、今日は下着の上を舌が這った。

閉じそうになる股を強い力で阻止されて、すぐにショーツを横に寄せると、熱い吐息と一緒に下から舐め上げられて全身痺れる。

「やだやだ言ってる割に味も匂いもすごくキツいじゃないですか」

「ああ……やあ」

「尾台さん見て？　いやがっててもこんなに充血させて硬くなってる」

瞼を開ければ目が合って、真っ赤な舌先がクリトリスを弄ってる。認めたくないけど気持ちよくて自分の脚持ってる反対側の手が勝手に袴田君の癖毛を掴む。

視線合わせたまま、舐め回される下半身見つめて、こんなところなのにイキたくなって腰動いてしまう。

　ああでもいけない、皆仕事してるのにこんなところで気持ちよくなっちゃったら……。本能と理性がせめぎあうタイミングで、じゅるって腫れあがった突起に吸いつかれて思考が飛んでしまった。

「やぁあ！」

「気持ちいいの大好きで腰突き出してるくせに、余計なこと考えなくていいですよ」

「ぁあ、今日ヤダッ……すぐキちゃう」

　嬉しいとか緊張とか罪悪感とかいっぱい混じって、でも気持ちよくて、自分からもっとって顔押しつけて、それに合わせて強く吸って舐め回されて耐えられない波がくる。

　膝が震える。

　イッちゃうって言葉押し殺して自分の手のひらで口を塞いだ瞬間、ビクビクって奥から熱が弾けた。

「んんんッ……!!」

「あーあ、尾台さんのイッてるところ見たかったのに手で隠されちゃった……」

　袴田君は唇舐めながら、顔を上げて脱力した体を撫で回してくる。呼吸整えるのに精一杯で答えられなくて、そしたら私の手を払って顎をグイっと鷲掴んできた、あれ？

嘘、イッたら終わりじゃないの？　目の色変わってないよ。

「でもいいか、今度は間近でもっととろけたエロい顔見せてもらうから」

「え、何袴田くっんんん！」

私の体液でヌルついた唇が重なってまた唾液交換してる。脚持つの辛くなってきて手が落ちそうになったら、大きな手が膝の裏を持ち上げてきた。

「下から思いっきり尾台さんの中掻き毟ってあげるから、吹っ飛ばないようにね」

「ヒッ！」

「いつもみたいに前戯に三時間以上かけてないけど、満足させてあげるから」

いつの間に出したのか腰を押しつけられたら入り口に熱いの当たってる。

「ちょっと！　袴田君待ってそれだけは」

「ダメなの？　上も下もこんなぐずぐずに涎まみれじゃないですか。こっちは準備できてるって言ってますけど」

「それは袴田君がエッチなことするからぁ」

入り口に突き立てられて浅く入ってくる。う……ダメ……コレ奥まで入れられちゃったら……

「ダメならこんなに吸いついてくるな」

「ううっ……ぁんん」

「少し腰動かしただけでクチュクチュいって、尾台さんのここは本当にだらしないですね」

「だってぇ」

「俺を中に引き込もうとして必死におねだりしてる」

じわじわ入ってきて、さっきまで強引だったくせに急にゆっくりなのズルいよ。すごく鳥肌立ってる、気持ちよくて苦しい。小刻みにイケないとこほじられて切ない。唇噛みしめてたら……

「んー、でもちょっと俺が欲しい顔と違うな」

「ん?」

「尾台さん辛そうな顔してるの苦手です」

「なら止めてよ」

「止めないよ、もうこんなに馴染んできてるのに」

「ひぁあああ……」

ぐぐっと途中まで入ってきて、もうだめだ、お腹きゅんきゅんするの止まらなくなってる。もどかしくってもっと奥まで欲しい。呑み込みたい。

こんなのいけないけど、自分からも腰を寄せたら袴田君は額を擦り合わせてきて言った。

「尾台さんにとってこの場所は会社の中で唯一ある憩いの場だったのに、それを葛西さんに壊されてしまった。ここに来るとそれを思い出して辛くなるから最近近寄らなくなったのかな思ってました」

「ああ……えっと」

「だから俺とセックスした楽しい思い出で塗り替えたいんです」

それもどうなのって反論はキスに呑み込まれてしまって、奥まで突き上げられて息止まりそうだった。

「んんんッ!!!」

「すっげ絡みついてくる中、ヒクヒクさせて軽くイッたね」

「ぁあぁぁッコレ……無理あん」

下半身が密着してお腹ゴリゴリされて、袴田君がじっと私の顔見てる。恥ずかしいのに頭の中気持ちいいしか考えられない。もっと……もっともっと袴田君いっぱい。

「してあげるから手回して。このままだと尾台さんバランス取れないでしょ、動きにくい」

「う?」

「俺の首に手回して」

手取られて袴田君の首の後ろに誘導されて襟と首を掴んだ。太い首がしっとり汗かいてて色っぽい。キチンと締められたワイシャツのボタンと真っ直ぐなネクタイ、スラリとした背丈は見れば見るほど格好いいから困る。

見とれていたら眼鏡(めがね)を直した袴田君は優しく笑って言った。

「好きです尾台さん」

「知ってます」

「可愛い返事」

でも優しいのはその一瞬の笑顔だけで、私の肉食眼鏡(めがね)君はいつどこでだって激しいんだ。

力強くて熱っぽくて荒っぽくて、押し込まれるたびに勝手に声が出る。すぐに快感で体が支配されてしまう、もう声抑えられなくて、キスしてもらいたくて、でも言葉にできなくて舌を出せば袴田君は舐め掬(すく)ってくれた。ねっとり甘いディープなキスに止まらない腰に目の奥チカチカする。

「会社の中とは思えない女の顔してるね」

「やあ」

舌甘噛みされながらイイとこ擦(こす)られて、勝手に中がヒクついてイッてしまう。袴田君はイッても出し入れ止めてくれないから一生懸命大きな体にしがみついて、動きに合わせて身を任せればまたイキたいの溜まってくる。

「突くたび汁漏らして太腿まで汚してる。後で俺が綺麗になるまで舐めてあげるから」

「あ、あぁんッ！　え……ち、気持ちい、の」

「そうだね。こんな深く咥え込んでしつこく子宮吸いつかせてくるもんね、ほらここ」

「ひぃああ‼」

　下から潰れるくらい奥グリグリされて体の痙攣止まらない。

「ねえ尾台さん、会社で気絶したくなかったらもっと締め付けて、俺の扱いてイカせてくれないと終わんないですよ」

「そなッ……の、できな」

「俺が好きならできるでしょ」

　みっちり奥まで入ってたのが、ずるりと抜かれて湿った空気と匂いが混ざり合う。手を掴まれてそそり立ったの握らされる。ぬるぬるでやらしくて本能から手が動いてしまう。扱けば先からいっぱい透明なのが出てくる、すっごいエッチで綺麗なの……太くて長くて硬くて熱くて……ビクビク震えてイキたいって言ってる。いつも見てるだけで口に入れたくなる。

　こくんと喉が鳴って、けど袴田君は私の中が好きだから早く入れてあげないと。でも決心しても恥ずかしくて顔見ては言えないから……

「袴田君……」

「はい」

袴田君に背を向けて腰を折る。お尻を突き上げてスカートを捲った。よく見えるようにティーバックの下着を横に引っ張って、これだけでも恥ずかしくて死にそうだ。

でももう我慢できなくて、股の下から手を潜り込ませて自分で入り口を差し出すように少し開いた。指先が濡れて、会社でこんなはしたない姿する自分想像できなかったけど、今はアレが欲しくて声振り絞る。

「袴田く……お願い、欲しいの」

「…………」

「私の中でいっぱい……気持ちよくなって下さ……ぃ」

いっぱい漫画読んでるからもっと卑猥な言葉知ってるのに、今はこれしか言えなくて、ヤダって言われたらどうしようってぎゅうって目瞑ってたら、舌打ちが聞こえた後くちゅうって熱いの中まで入ってきて、またゾクゾク全身粟立ってくる。

「あああぁッ……!!」

「頑張った尾台さん、ご褒美」

「ああッ!!! 深ッぃ」

腰掴まれて一息で奥まで貫かれて意識が飛ぶかと思った。グニグニ中かき混ぜられた後お尻に腰叩きつけられて、すっごいきもちッ……

「ほら絵夢。ここで精液搾り上げて俺をイカせろよ」

「ぁん、あああ……強ッいの……お腹ッいっぱい」

「俺の精子欲しいんでしょ？　気が済むまでハメ潰して奥で溢れるくらい出してあげますからね」

草食系の眼鏡の下、誰も知らない袴田君の本当の顔に言葉を浴びせられて興奮してるのおかしいけど、体犯されるたびに喜んでしまう。

後ろから両腕引っ張られて、ガンガン突かれて頭空っぽだ、快感しかない。名前呼ばれてキスされて揺れる腰が気持ちいい。痙攣止まらなくって何回イッたとかわかんない。

ディープキスも上手にできなくなって、口からダラダラ唾液垂れてきて、もう立ってられないいってなったら、袴田君は腰の動きを速めて、ぎゅううって私の体を抱え込んで一番奥で止まる。

中で袴田君のがビクンビクン脈打ってて体中に液体が染み渡ってくるこの感覚堪らなく好き……

「ふぁぁあ……ッ」

「いっぱい出てるよ美味しい？　尾台さん」

「んんんッ……!!　激しすぎだ……よ、バカ」

「楽しんでもらえてよかった」

壁に手ついて深呼吸、激しかったけど、いつものお家でする何時間もしていつの間にか寝てる、じゃないから手抜いてくれてたのはわかる。

ずるずるって中から出ていってその感触も鳥肌、当たり前だけど気を抜いたら中からいっぱい白いの出てくるわけで、拭くもの！　ってあたり見渡してたらヌルって舌が太腿を這う。

「たくさん出たね」

「ひゃ！　やだあ」

「綺麗にしてあげるって言ったでしょ。ほらもっといっぱい出して」

って言われて、やだけど壁についた手を見れば腕時計が目に入っちゃって、もう仕事に戻らなきゃっ……

だから、これも不可抗力ッ‼

私の中からとろって漏れた液体を袴田君は吸って口に含むと、お察しだけど私の渡してくるんだ。

キスされてこってり重い粘度のある液体が喉の奥に押し込まれて、顔持たれてるし逃げられない。呑み込むしかなくて、眼鏡の奥を睨む。

「何？　俺から出たものは全部尾台さんに吸収させたいんですよ、受け入れてください」

「もおおおお!!!　何が、【時間があったら給湯室に来てください。袴田】なのよ。こんなことする時間はありませんから!」

怒れば袴田君は私の太腿舐めながら、眼鏡クイってして言った。

「【すぐにイキます。尾台】って言ったのあなたじゃないですか」

「屁理屈お化け!!!　大っ嫌い」

「はいはい」

叩いて、抱きしめられてキスして、あえて言葉では言わない。

袴田君の好きですに、私はいっぱい頷いてるもん、十分でしょ?

これで給湯室の思い出が変わったかなんてわからないけど、新しいティーカップでまた紅茶を飲みたいと思った。

それで……案の定動けないんけど………めぐちゃんにはなんて言おうか、誰か教えてください。

恋愛小説「エタニティブックス」の人気作を漫画化!
EC Eternity COMICS
総務の袴田君が実は肉食だった話聞く?
Ako Mayuka
漫画 繭果あこ
Kiku Hanasaki
原作 花咲菊
彼氏いない歴＝年齢の絵夢（えむ）が、飲み会の翌日、目を覚ますと隣に裸のイケメンが！　よく見るとそれは、いつも地味で真面目な総務部の袴田君（はかまだくん）で…!?　接点がない彼となぜ…？　テンパって帰った絵夢だけど、会社で袴田君に捕まってしまう。すると、彼は「好きです。結婚しましょう」といきなりプロポーズをしてきて——!?
描き下ろし番外編収録!
俺しか受け付けないカラダにしてあげる
B6判　定価：704円（10%税込）　ISBN 978-4-434-29262-0

エタニティ文庫

鬼部長は可愛がり上手⁉

エタニティ文庫・赤

鬼上司さまのお気に入り

なかゆんきなこ　　装丁イラスト／牡牛まる

文庫本／定価：704円（10% 税込）

獣医の父母と兄をもつＯＬの歩美が、実家の動物病院を手伝っていると、職場の鬼上司がペットのリスを連れて飛び込んできた！　それをきっかけに二人は急接近。そんなある日、彼の家にお邪魔してリスを見せてもらった歩美は、酒のせいで彼と一線を越えてしまい――⁉

※エタニティブックスは大人の女性のための恋愛小説レーベルです。ロゴマークの色で性描写の有無を判断することができます（赤・一定以上の性描写あり、ロゼ・性描写あり、白・性描写なし）。

詳しくは公式サイトにてご確認ください。
https://eternity.alphapolis.co.jp

携帯サイトはこちらから！

恋愛より食い気！　な女子大生のあすかは、ある朝、黒塗りの高級車と接触事故を起こしてしまう。その事故を機に、車の持ち主である長門（ながと）と週に何度か食事をする不思議な仲に。どこか危険な香りのする長門に、次第に惹かれていくあすかだったが……。ある日、長門が極道の会長であることが発覚！　戸惑い、距離を置こうとするものの、彼と過ごした時間が忘れられないあすか。一方長門は、そんな彼女に強引なまでに甘く迫ってきて――

B6判　定価：704円（10%税込）　ISBN 978-4-434-29113-5

本書は、2019年6月当社より単行本として刊行されたものに、書き下ろしを加えて文庫化したものです。


この作品に対する皆様のご意見・ご感想をお待ちしております。

おハガキ・お手紙は以下の宛先にお送りください。

【宛先】

〒150-6008 東京都渋谷区恵比寿4-20-3 恵比寿ガーデンプレイスタワー 8F
(株) アルファポリス　書籍感想係

メールフォームでのご意見・ご感想は右のQRコードから、
あるいは以下のワードで検索をかけてください。

ご感想はこちらから

エタニティ文庫

総務の袴田君が実は肉食だった話聞く!?

花咲菊

2021年9月15日初版発行

文庫編集－熊澤菜々子
編集長－倉持真理
発行者－梶本雄介
発行所－株式会社アルファポリス
〒150-6008 東京都渋谷区恵比寿4-20-3 恵比寿ガーデンプレイスタワー8F
TEL 03-6277-1601（営業） 03-6277-1602（編集）
URL https://www.alphapolis.co.jp/
発売元－株式会社星雲社（共同出版社・流通責任出版社）
〒112-0005 東京都文京区水道1-3-30
TEL 03-3868-3275
装丁イラスト－rera
装丁デザイン－ansyyqdesign
印刷－中央精版印刷株式会社

価格はカバーに表示されてあります。

落丁乱丁の場合はアルファポリスまでご連絡ください。

送料は小社負担でお取り替えします。


ISBN978-4-434-29373-3 C0193